序言

A
Collection
Of
Quotations 目录

序言

　　这是我的第二本格言集。我的写作方法是：每天清晨醒来第一件事是写出三段格言，都是根据当时的所思所想而写，已经养成习惯，所以把这个集子命名为《醒来集》。生命在一天天过去，每日的格言已经成为我的修行，就像和尚尼姑每日打坐诵经修身养性一样，每日思前想后，追古思今，欣然提笔，留下痕迹。如此写成的第一本格言集的成书时间在 2016 年。五年时间不知不觉过去，于是，如今又有了这个第二集。其实这个集子可以视为我每日修行的一个记录。

　　在写这本书的时候，我很享受写作的过程，也很享受每日修行为自己带来的精神愉悦。希望我的想法和文字能引起一些人的共鸣，与他们像灵魂朋友那样有一些灵魂上的交流，共同面对这个烦人的世界，这个烦恼的人生。

情感

·

愛

曾　经

　　曾经沧海难为水，在经历了美好的爱情之后，另外的爱都会知难而退，除非是原发的无法遏制的激情之爱。

迷　恋

　　爱情不一定要有迷恋的成分，对情窦初开的人来说或许离不开迷恋的成分，而对已经将一切参透的成人来说，就可以拥有清醒无比的爱情了。

真正的爱情

　　真正的爱情完全是正面的情绪，即使得不到回应也不会走向负面，只会有些伤感而已。如果尽是负面情绪，疯狂，妒忌，绝望，仇恨，那就是走火入魔，不是真正的爱情。

心 境

爱情其实是人的心境，人选择的一种生活方式。能够沉浸在爱恋之中的心境是人能够到达的最美好的心境，最惬意的生活方式。

施惠于己

爱有时候可以做到不求回报，甚至不求回应，因为它首先不是施惠于人，而是施惠于己。

情 感

在万千事物中，唯有情感是与存在关系最深的，也是存在最强烈最值得眷恋的经验。

闭 合

自己的内心世界应当是闭合的，也就是自身完满的。外界的事物和人可供观赏，可供喜爱，但是自己的内心仍是自我完满的闭合之圆。

独 立

人在世上必须独立支撑，不依赖任何人。无论在物质上还是情感上。将自己的喜怒哀乐寄托于他人就是陷自己于险境。

发自内心

无论友情爱情，都必须有发自内心的冲动，否则不可能发生，也不可能延续。许多亲密关系并没有真正的亲密感觉，就是缺少了这种发自内心的冲动，或者是曾经有过，已经丧失。

窖藏

当爱情从激情状态转变为柔情状态，心情平静，味道醇厚，像窖藏的好酒，年代越久远，味道越浓。

幸福

幸福的感觉来自心中柔软的感觉，爱的感觉。只要有恨，有嫉妒，有委屈，有失落，就没有幸福可言。

比较

将事业成功、物质生活优越与情感生活相比，还是情感生活能够给人带来更多的快乐，因为情感的对象是人的灵魂，而其他事情的对象是物。

喜欢

喜欢清澈见底的人。有的人你看到他的眼睛，立即就了解了他的灵魂，这样的人就可以交往。

共情

爱其实就是一种强烈的共情感觉，那是一种不能细想的感觉，只要一想到它，就会热泪盈眶。

不变

爱是一种既复杂又单纯的感觉，轻易不会失去，除非对方已经彻底改变。而剧变的情况在人身上是很少发生的，正是所谓江山易改本性难移。

享用不尽

所有的物质享受都是有限度的——资源有限，享用的欲望有限；唯有情感的享受是无限的，无论是资源还是欲望都可以是无限的，所以情感可以是享用不尽的。

诚恳

诚恳是交朋友最重要的因素。它令人有安全感，有归属感，有温暖柔软的感觉。

冷静

在冷静清醒的情况下陷入的爱情会更加持久；因一时冲动痴迷陷入的爱情则不会持久。

例外

叔本华说过这样一句话:"一个人对与人交往的爱好程度跟他的智力的平庸及思想的贫乏成正比。人们在这个世界上要么选择独处,要么选择庸俗,除此以外再没有更多别的选择了。"此话基本正确,有一点点例外:激情之爱。

宝贵

世间最可宝贵的是情感,正如乔布斯临终的感慨,他后悔挣了许多无用的钱,却忽略了情感生活。而生命终结时的悔悟为时已晚。

默默的爱

默默的爱是世间最美的爱,最纯粹的爱,最持久的爱。

依赖

人际关系中的独立与依赖是两个对立的状态,独立导致快乐,依赖导致痛苦。

一旦

爱一旦发生就很难消失,除非两个人决定结束亲密关系,断绝联系。

醇厚

时间长了，爱情会有一种醇厚的味道，不那么张扬，不那么激烈，但是变得深厚。

一往情深

喜欢一往情深的感觉，愿意沉浸在一往情深的感觉之中。纯粹，清澈，愉悦，美好。

虚无

只有爱的感觉和行动能够战胜虚无，虽然明知只是短暂的。

陌生感

劳伦斯说过对女人要保持陌生感，不要把她研究透，全部了解，那样的她就丧失了魅力。我想，对男人也一样，需要保持一点点神秘感、陌生感，否则就可能丧失吸引力。

给予

人只能给别人自己有的东西，不能给别人自己没有的东西，譬如爱。

宝贵

世间最可宝贵的是人与人之间的感情，其他的一切都没有什么意思，没有多少趣味。这就是所有的文学艺术都盯着感情不放的原因。

儿女情长

古谚云，儿女情长英雄气短，说的是大人物和小人物的区别。小人物卿卿我我，大人物天高云淡。当然，英雄也有儿女情长的时候。

等级

情感有三个等级：好感、喜欢和爱。三者之间区别是明显的，但是偶尔也有三者混淆不清的状况发生。

邓巴定律

邓巴定律指出，人类智力允许人拥有稳定社交网络的人数是148人，四舍五入大约是150人（熟人）。其中朋友50人；好友15人；密友5人。人类将60%的时间花在50个朋友的核心群体上，剩下的100人占40%的时间。这一论点与古话"知我者二三子"暗合。我自身的体验是：密友是自己的灵魂安放处，为自己带来最大的快乐。

一个与一百

一个亲密关系能为人带来的快乐，超过一百个泛泛之交。

迷恋

迷恋是美好的，即时感觉也是奇妙的，但是与持久的、踏实的、绵绵不断的关系相比，并不见得更美好。

无穷无尽

所谓爱情就是心中无穷无尽的喜爱，无穷无尽的思念，无穷无尽的泪水。

关系

密友之间的关系既相互独立，又相互依赖。每个人都是独立支撑的，完全不依赖于他人的；而他们的灵魂又是相互依赖相互纠缠的、难舍难分互相吸引的。

高龄

人到了高龄，身体的状况经过时间的考验，已经固定在健康的状态；人际关系经过时间的筛选，也进入邓巴定律的优选状态；精神状况经过时间的打磨，也会进入平静喜乐的境界。

形式与内容

人生中最重要的亲密关系是密友关系，密友关系可以是夫妻，可以是朋友，可以是亲人，也可以是恋人。其重心不在外在形式，而在于内容。

源 泉

美好和谐的关系是幸福的源泉，因为人的灵魂是鲜活的，难测的，变化多端的，充满意外惊喜。

痛 苦

外部环境的痛苦有历史的文化的社会的原因，内心的痛苦却更多来自错误的人际关系和情感因素。

对 话

最高质量的关系是灵魂的对话，在灵魂上的交流、碰撞、共鸣和投契。因此可以断定，灵魂朋友是世间最高级别的关系。

救 赎

每个人最终能够救赎的只有自己，对他人的救赎大多是妄念，因为人不能或很难真正理解他人的痛苦和需求。

奴隶

只要动情，即成奴隶。这是恋爱心理学中的不二定理。爱就是投降，就是臣服，就是内心的归属，也是囚禁。对方成为颐指气使的主人，完全随心所欲。如果他没有残害你，没有欺负你，那仅仅因为他内心的善良敦厚。

门槛

拒绝交往很多人，这是人生幸福的一个重要抉择。好处一是省时省力省心，二是可以享受到真正的亲密关系带来的单纯快乐。交友一定要提高门槛，否则会浪费时间，浪费生命，浪费情感。

理顺

把自己周围的人际关系理顺，把自己的生活方式理顺，把三观理顺，把一切理顺，这并不是一件容易的事。高手需要用心策划，低手用一辈子的时间也理不顺。

势均力敌

曾经沧海难为水，除却巫山不是云。人一旦得到过高质量的灵魂伴侣，其他人就再也难入法眼。只有一种情况除外，即又遇到同一级别的人。

纯粹

关系越是纯粹，越是单纯，就越快乐；越是复杂，越是多因，就越痛苦。

倾诉

所谓灵魂伴侣就是一个可以向他倾诉的人，是一个时时想向他倾诉的人，是一个对你的倾诉能够做出回应的人。

可爱

可爱之人处处透着可爱，无论是性情、心思、才华，还是灵魂的一举一动。世间的幸福并不多见，其中最幸福的就是爱上一个可爱之人。

守护

爱情是对对方灵魂的守护，除了喜爱之外，希望它平安，不受伤害。

严肃

喜欢对生活取严肃态度的人，当然，如果能够有幽默感就更好，一点幽默感没有的人活得太累了。

有限

无论是人还是物，能够为人带来的快乐都是有限的，拿世间万物来排序，排首位还是爱情。

弱水

虽弱水三千只取一瓢饮。在万千事物中，只取一件专心来做；在万千人中，只取一位专心交往。

归属

亲密关系的最高境界是归属感，你知道他接纳了你，并且永远不会失去。

弱点

女性有一个深深潜藏在心里的弱点，就是她希望激发男性对她肉体的爱恋。而美丽的程度总是相对的，这就成了每个女人永远的遗憾。庆幸我已过了这个年龄。

好色

好色是最自然的人性，过去人们以为只有男人才如此，其实那是男权时代的特色，在男女平权时代，女性的好色天性也不受压抑地表现出来了。

提纯

爱情是一个提纯的过程，一开始是掺杂了多种因素的混沌液体，后来就变得越来越纯净。进入化境之后的感觉是完全的清澈。

主人和奴隶

发出邀请的是奴隶，被邀请的是主人；追求对方的是奴隶，被追求的是主人。如果一个人不惜成为对方的奴隶，那只有一个原因，就是他已坠入情网。

抽象

美好的爱情应当抽象一些，因为一到了具体层面，美好度就会降低，如肉体和日常。

眷恋

心中有对某人的眷恋总比没有好，人要应对残酷的环境，心一定要硬。对某人的眷恋是人心中柔软的内核。

都是美的

成功的爱情是华美的，不成功的爱情是凄美的。毫无疑问，爱情都是美的。

伤 口

没有实现的爱是一个伤口，总是在滴血。爱一旦实现了，表达了，伤口就痊愈了。

快 乐

巨大的爱给人带来巨大的快乐，微小的爱给人带来微小的快乐。

充 盈

人在经历了真正的爱情之后，心中的情感波澜已经像沧海一样满溢充盈，后来的情感不仅难以超越，而且可有可无。

相 比

相比之下，能给人带来最大快乐的还是情感。一切其他的事情都有机械感、冷硬感、确定感，唯有情感给人带来意外的惊喜：温暖的感觉，柔软的感觉，不确定的感觉，幸福的感觉。

情 感 因 素

人的生命中，有物质因素，精神因素，情感因素。只有情感因素最私人、最有趣，给人带来最多的快乐。

无可名状

真正美好的情感是罕见的，充满激情的，纯粹的，超凡脱俗的，有时是不典型的，不可归类的，无可名状的。

心灵异动

在人世间的各种事物当中，值得大书特书的唯有情感，因为其他一切都可以替代，千篇一律，唯有情感是独一无二的，是人的心灵的异动。

收放自如

在参透人生意义之后，对一切事都应当可以做到收放自如。唯有情感有点例外，依赖于他人的反应。当关系理顺时，也就没有例外了。

内心美好

一个女人，不需要有沉鱼落雁闭月羞花之貌也可以得到爱情，唯一的条件是内心要美好。

常轨

只有溢出常轨的事才刺激，循规蹈矩的事情总是平淡无奇的。爱情就常常溢出常轨。

突如其来

当爱情突如其来之时，人像遭遇了一场自然灾害，手足无措。其中痛苦有之，欢乐有之。以苦为主还是以乐为主不可预测。

礼物

人没有必要压抑心中的爱。如果能对一个人产生爱的感觉，首先是一种幸运，是人生中得到的一个礼物，是中了奖。

意外

世界永远是一个样子，一切都是意料之中，唯有情感是一点点意外的惊喜。

终身受用

爱一旦发生，就可终身受用，无论爱的对象逝去了，还是浑然不觉。因为爱一旦存在，就是实在的，自身圆满的，可以为人带来巨大的快乐。

永恒

永恒的关系带来永恒的快乐。喜欢永恒，不喜欢偶然。可令人痛心疾首的是，生命是偶然的。

·019·

不一定

爱并不一定能够终身厮守，耳鬓厮磨，但它仍然是可以表达的，可以存在的，可以持续的，可以是福柯式的保持终身的激情。

爱如修行

喜欢陷在纯纯的爱当中，感觉就像修行。听说静修能够达到精神快感的境界，那么爱也可以达到同样的境界吧。

温柔

爱就是永远的温柔，即使在最激烈的时刻，内心也是温柔的。

缠绵

在一个情感关系中缠绵是人能拥有的最有意思的生活，虽然不一定会有什么结果。

受益者

在爱者与被爱者之间，受益者首先是爱者，其次才是被爱者。因为当人爱他人之时就进入了生命的最佳状态，心境纯净、热烈、愉悦。

信赖

喜欢可以信赖之人，在他那里，你永远可以得到信任，得到回应，得到赞赏，得到同情，永远不会失去，不会有意外的伤害。

幸福的量

幸福的总量是可以无限扩大的，在内部是比重的扩大，在外部是总量的扩大。

绵绵不绝

一个灵魂对另一个灵魂绵绵不绝的关注和思念是最美好的人生经历。

爱的博弈

爱的一方和被爱的一方，前者永远胜过后者，因为前者富有，后者贫穷；前者是情感的富翁，拥有给予（施舍）的无尽资源，后者却是情感的贫儿。

虚拟

精神恋爱就是在虚拟空间的恋爱，与爱上一个机器人相比，区别在于爱的对象是一个真人。他有自己的生活和喜怒哀乐，能够做出意想不到的反应。

比较

做灵魂伴侣比做情人还好，前者更持久，更多交流，更平静；后者可能短暂，由于激情澎湃而难以持久。

密友

如果人一生没有几个密友，那才是真正的孤独。密友带来的不只是心情的平静满足和欢乐，而且是实质意义上的陪伴。

激情之爱

激情之爱有时显得惊悚，但其实它很安全，因为它是完全无私忘我的，绝不会给对方带来一丝一毫的不快，更不必说伤害。

斗争

很多的亲密关系中有隐蔽的斗争，谁多谁少，谁上谁下，谁主谁从。我喜欢的关系不是斗争的，而是和谐的，一往情深的。

贬低

恋爱中人会不由自主地贬低自己，因为他的心变得柔软、脆弱，很容易受伤。

温柔

幸福主要是一种内心的感觉，与外在因素关系不大。它的来源是身体的舒适、精神的愉悦以及人际关系中的温柔感觉。

单恋

人生在世，游戏最有趣；游戏当中，爱情游戏最有趣；爱情游戏当中，单恋最有趣。

归属感

归属感其实是所有人类情感最终追求的东西，你知道你永远不会失去他，他永远不会拒绝你。你在他那里是安全的。

自然

凡是自然的关系才有可能是好的。自然是美好关系的必要条件，起码条件，当然并不是充分条件。

对话

人的灵魂是凄清寂寞的。在世间有一个可以倾诉可以对话的灵魂，并且总能得到回应得到共鸣，是人生大幸运。

至爱亲朋

人活一世要有至爱亲朋，他们永远在你心中，彼此怀着善意的柔情和喜爱，共同应对冰冷且有时显得残酷的世界。

偶像

将激情之爱保持终身，这是可能的吗？我的偶像福柯竟然做到了。

不敢想象

爱使得生活变得可过、可爱，不敢想象没有爱的生活，那样的生活是多么空虚无聊啊。

灵魂伴侣

有时觉得，灵魂伴侣是比爱侣更好的关系，好在前者情绪平稳，后者情绪激烈；前者关系持久，后者充满变数；前者深入灵魂，后者肉身为主。

温情

温情与激情相比各有短长，温情给人柔软的感觉，激情给人狂喜的感觉。有激情当然好，没有激情，有温情也是很好的感觉。

锦 标

在恋人心目中，对方是一个锦标。对方像一座铜像，在远处发着灿烂的光。最有趣的是，对方竟然认识我，对我有感觉，能够与我交流。

期 待

爱最动人的一点就是期待，总是期待对方的一切，想知道他的一言一行、一举一动，怀着私密的欣赏的心情。

冒 险

爱情是一场冒险的事业，因为它牵涉到另一个人，有完全无法掌控的因素。爱得越认真，风险越大。

养 生

浓厚细腻的情感和亲切温暖的关系是十分养生的，而寡淡、粗粝的关系则完全相反。

确 认

爱情都是在期待中完成的：期待见面，期待回应，期待来信。期待就是要确认爱的存在，确认心的归属。害怕厌倦，害怕冷淡，害怕失去。

幸运

幸福当中无论有多少必然因素，偶然因素还是占有一席之地，所谓偶然因素就是幸运。

柏拉图

在所有的关系中，柏拉图式恋爱是最无法指责的，它除了美好之外其他什么都不是。

经典

愿终此一生，心中始终怀着经典的爱与激情，浸淫在充盈的爱意之中。

回归

回归内心世界的生活才是真正圆满的，幸福的。把房门紧紧关闭，仅仅允许二三灵魂伴侣进入。徜徉在无限丰富美好的精神世界之中，尽情享受。

扬长避短

在亲密关系中应当扬长避短，只向对方呈现自己美好的一面，避开自己丑陋的一面。自己压力小些，对方观感也会好些。

爱情三条件

浪漫的激情之爱的发生有三个条件：一是身体，容貌身材年龄健康等因素的契合程度，占三分之一；二是灵魂，性格智商情商观念等因素的契合程度，占三分之一；三是运气，两个人能够相遇相知相爱，占三分之一。

热爱

热爱的感觉就是每当想起他就会热泪盈眶，心中的感觉主要是快乐和幸福，此外还有幸运。

交友

有的人在我的生命中是匆匆过客，有的人却在心中永远占据了一个位置，原因仅仅在于灵魂的契合度。具体言之：共同的关注点；共同的看法；心有灵犀的程度。

物以类聚

物以类聚人以群分，同类的人会聚在一起，主要的原因是他们的价值观接近，做事规范接近，交流起来障碍较小。有些做法在这群人中是天经地义，在另一群人中就是离经叛道的。

·027·

着 迷

爱情是一种着迷状态。跳出来看是有一点非理性不真实的感觉，有一点可笑的感觉。但当事人往往无法或不愿走出这种状态。

莫 名

爱情是一个灵魂对另一个灵魂感到的莫名吸引；是一个身体对另一个身体感到的接触冲动。

徜 徉

爱是最适合人生存的状态，是最令人心旷神怡的状态，是最健康愉悦的状态。愿终生在爱中徜徉。

挑 衅

爱原本是私密的、细微的、柔软的一点个人的感觉，却挑衅了所有的社会规则和社会习俗——年龄的，礼俗的，法律的，亲密关系的——在众目睽睽之下。

灵魂朋友

对灵魂朋友来说，灵魂的交流比肉身的厮守重要，精神的欢愉比肉体的快乐重要。

·028·

惺惺相惜

灵魂朋友是惺惺相惜之人，不仅是知音，而且相互欣赏。灵魂相遇的愉悦无与伦比。

心心相印

在大多数问题上意见一致；在气质上契合或互补；在情调上大致相似或不讨厌；在爱好上有共同语言。这些都是心心相印的基本条件。当然，如果能够相互欣赏喜爱，那就更加难得。

永远

永远的爱就是永远温柔，永远思念，永远热泪盈眶。

失去

知道有一个关系会永存，不会失去，心里无比欣慰，无比释怀，有幸福感。

值得

爱情是一件值得追求的事情，也是在发生之后值得保持的事情。因为它为人带来的是不确定的美好，或者说是美好加不确定性。人总是本能地规避丑恶、平

·029·

庸、琐碎，而爱情是美好、奇特、脱俗的。确定性会导致厌倦，爱情却是惊喜的源泉。

源 泉

爱是幸福的源泉。人在爱的时候才能时时感觉到幸福，在恨的时候却是心烦意乱的。可惜，幸福之泉也会断流、枯竭、干涸。

关 注

爱就是关注，所以只要你不再关注他，爱就没有了；只要你还看重他的关注，你就还有爱；只要你还嫉妒他对别人的关注，你就还有爱。

特 殊

爱情说到底就是一个人对另一个人的特殊感觉，在茫茫人海当中，一个人对另一个人感到了特别的兴趣，有了特别的关注，灵魂（以及肉体）受到了吸引，有去接近他、了解他的冲动。他在众人中不知为什么吸引了你，因而从芸芸众生中脱颖而出。

恋 情

恋情这种事，对社会来说完全无足轻重，但对个人来说，有时就是全部。

纠结

如果爱情变成了一种纠结和焦虑，那就成了痛苦和折磨，不再是快乐和幸福。

真情

不要怀疑世间有真情存在，只要付出的是真情，得到的也会是真情。

深厚

喜欢深厚的情感关系，其中包括忠诚，归属感，毫无芥蒂，一往情深。

音讯

仅仅因为得到一个人的音讯就可以整天感到幸福，这是何等的幸运。这样的亲密关系真是超凡脱俗。

甜蜜

甜蜜的感觉不一定仅仅来源于谈情说爱、甜言蜜语、柔情蜜意，有时最普通的平淡交流、通话也会带来甜蜜感觉。主要是你感觉到他的存在，他的脉动，他的本真状态。

·031·

心怀感激

在长久稳定而温暖的人际关系中，幸福的感觉是那么实在，那么令人心怀感激。感激命运的安排，感激对方的存在。

柔软

爱情主要是一种柔软的感觉，是对另一个灵魂的温柔注视。

同行

在生命的漫漫长途中，一人独行亦无不可，有人同行更上层楼。

撩拨

美好的关系是不断给对方意外惊喜的关系，一个灵魂用自己的活泼、有趣和美好不断去撩拨另一个灵魂。

等待

等待的时刻是生命中浓度最高的时刻，平时不知不觉流逝的时间变得缓慢、滞重，仿佛速度减慢，仿佛重量加重，仿佛浓度加重。

忠实

一个忠实的朋友是人生可以依赖的情感依托，你知道他永远不会离开，永远不会失约，只要你召唤就一定能够得到回应。

显现

能否遇上爱情，幸运是最重要的因素。一直的期待、向往、寻觅、等待都是背景因素，关键是那个人的显现。

多样

托尔斯泰有句名言：幸福的家庭都是相似的，不幸的家庭各有各的不幸。这句话如果推演到亲密关系中并不完全正确，因为幸福的关系也并不全都相似，也是各有各的幸福，例如夫妻关系的幸福不同于灵魂伴侣关系的幸福。

魔鬼

有人说爱情是魔鬼，想来一是指其状似疯魔，完全陷入非理性；二是指其感观夸张美化，处于幻觉之中，对自己和对象的感观全都失真；三是指其沉溺纠缠，无法自拔。

表 达

愿意过自由奔放的生活，并不压抑自己心中的冲动。人对人产生爱意是世间不多见的事情，不应当压抑，而应当让它自由地表达，自由地宣泄。

理直气壮

爱是最理直气壮的一件事，既不受现实关系的约束，也不受道德准则的压抑。能否得到回应是另一回事，单恋难道不是更加理直气壮的吗？

坠入情网

很多人认为爱情并不存在，只不过是性欲的变异表现而已。尼采的想法与此接近。但是，柏拉图式的爱情确实存在，只不过发生率很低罢了。有幸爱过的人都确认，的确有一种现象发生在自己身上，那就是陷入恋爱，坠入情网。

活 人

尽管欣赏美和创造美能够为人带来喜爱的感觉，但与另一个人的情感才能为人带来幸福的感觉。因为前者的来源是陌生人和自我，而后者却来自一个有七情六欲的活生生的人。

·034·

跨界

对爱情、亲情和友情的严格界定不过是人的自我规训而已，在现实的亲密关系中完全可以有跨界关系的可能。

情欲

爱情对大多数人来说就是从肉欲中生发出来的情欲。也许有少数人的爱情更偏重情欲，情欲超过了肉欲。

激情之爱

世间万物当中最可宝贵的是激情之爱，最令人感到幸福的是激情之爱，对机缘要求最高的也是激情之爱。

最佳

最佳亲密关系是自然的，平和的，温柔的，愉悦的，心无芥蒂的，开朗明艳的。这关系的性质是爱情友情还是亲情倒在其次。

相亲相爱

喜欢跟周围人保持一种相亲相爱的关系，不分亲情友情还是爱情。

亲情

亲情有时感觉比爱情还好，因为爱情是要求回报的，亲情却不要求；爱情是要求相互的，不然就会觉得委屈，亲情却可以是单向的，更加平自然。

掌控

喜欢能够掌控自己的情绪的生活方式。最容易失控的是情感，所以一定要对情感生活特别加以掌控。

游戏

在高超激越的灵魂之间，爱就像一个智力的游戏，一个情感的游戏，一个关系的游戏。妙趣横生，超凡脱俗，若明若暗，若有若无。

实存与虚幻

当一桩爱情有内容无形式，有内在意涵无外在表现，它是不是实存呢？爱本来就有精神肉体的细分，能说纯精神的爱不是实存只是虚幻吗？

特权

爱情是特权，可以超越世俗的规矩，可以忽略社会的习俗。前提是它仅仅发生在精神领域和灵魂之间。

虚与实

在所有的人际关系中，重要的不是形式，而是内容。有形式无内容者则虚，无形式有内容者则实。宁要内容，不要形式。

馈赠

当人拥有绝对不会失去的关系，心中的妥帖、欣慰和喜悦是无与伦比的，仿佛得到上天的馈赠，而这个礼物是永远不会被收回的。

动态之美

世间很多事物为人带来美好感觉——自然景观，眼耳鼻舌身的美感，人类精神产品（艺术品）为人带来的审美快感。但相比之下，唯有爱给人带来的美好感觉最为强烈，因为前者的美感是静态的，后者的美感是动态的。

亲密关系的标志

亲密关系的确立标志是：你知道在他的心中你有一席之地；你知道你不会无缘无故失去这个关系；你们互相欣赏。至于这关系是友情亲情还是爱情并不绝对重要。

心境

在空气清新时，人的精神也比平时清爽些，可见人的心境多么依赖周边环境。严格说，人际关系也是环境之一种。

圆满

最美好的关系是心无芥蒂，可以无话不谈；如果能够心有灵犀就更加好；如果能够心心相印，无论是友情还是爱情，简直就是圆满了。

有趣

世间最有趣的关系是不能确定其性质的关系，世间最好玩的游戏是灵魂的追逐和躲闪。就像王尔德所说的"两个蠢东西互相追来追去"。

持久

大多数的激情都不会持久，会在实现之后消退。只有一直无法实现的激情才会持久不衰。

休闲方式

与人谈恋爱是最高级最优雅最美好的休闲方式。

长明灯

爱就是在心中不眠不休的思念，像一盏长明灯，有无穷无尽的燃料，这燃料来自内在冲动，来自生命本身。

中奖

有人说没有永恒的爱情。万一在人生中遭遇了意外，遇到了一个永恒的爱，一定会有意外中奖的感觉吧。

烦恼

人生中的烦恼大多来自人际关系。要想摆脱烦恼就要将所有的人际关系理顺。低标准是平平静静，相安无事；高标准则是高高兴兴，快乐幸福。

有趣

爱恋的心境是人生中最有趣的心境。既有甜蜜，也有苦涩。无论如何，好过无色无味无感无爱的生活。

清醒

幸福的人际关系必定是通透的、和谐的、默契的。没有误解，没有猜忌。即使痴迷，心里也是清醒的。

巧合

一个人能不能遇到自己喜欢或爱的人，首先有偶然性，源于机缘的巧合；其次有必然性，源于内心的渴望。

疾病

爱情有时像疾病，像心理症状，表现为强烈的焦虑、痛苦，尤其在它无法表达的时候。有泰戈尔诗为证（《世界上最远的距离》）。

涉险

偷偷的爱在一般浪漫爱情之外，别有一番涉险的乐趣。尤其是僭越某种社会规范的爱。

瑕疵

只有双方都感觉舒服的关系才是最好的，最持久的。只要有一方强加于人，令对方感觉勉为其难，关系就有瑕疵，就不完美。

执着

一切慷慨悲歌悲欢离合，最终都会烟消云散，唯有爱情默默执着。

选择

一个人的生活质量完全是人为的，是选择的结果。人想陷入爱情才能陷入爱情，陷得很深和浅尝辄止也是人自愿的选择。

无我

爱到深处，人处于无我境界，不再计较多少深浅，只是一片温暖与柔软的感觉，像涌流的泉水，无穷无尽，无边无际。

感动

问世间情为何物，就是完全的迷失。对方的一点温柔，就会感激涕零。所谓爱，就是感动。被存在感动，被美好感动，被善意感动。

交集

人与人交友必须在二人间有人生际遇的交集。如果完全没有交集就绝对无法成为朋友。

幸运与选择

人生的质量小部分靠幸运，大部分靠选择。前者如出生的家庭，后者如选择与谁建立亲密关系。

亲情

亲情才是最妥帖的亲密关系。友情过于偶然，难以持久；爱情过于激烈，过于痛苦；唯有亲情，无拘无束，无怨无悔，无穷无尽，平静坦然。

执念

爱情有时表现为执念，渴望实现，缠绵悱恻。一方面无比脆弱，容易受伤；另一方面又无比坚韧，百折不挠。

远远欣赏

爱情有时是一种远远欣赏的态度。你认识这个灵魂，你爱这个灵魂，而他知道你爱他。

遥望

所有的事物都是遥望美于近观。遥望时有云霭制造诗意，有想象增加美感。这些是近观时缺乏的。因此，柏拉图式的爱情总是比现实中的夫妻显得更加美好。

亲密关系的形式

亲密关系有各种形式，有的每天身体在一起，灵魂并不相识；有的远隔千山万水，灵魂却每天交流。

距离

距离产生美当有双重指称，一重是指物理距离，就是肉身的纯粹分离；一重是指心理距离，可望而不可即，加重相聚的渴望。这双重距离使对象变得模糊，于是产生美感。

核心

处于隐秘状态的情感是更加甜蜜的，因为它回到了亲密关系的真正核心。它是光明磊落的，但是与第三人无关，更不用说公众。

混合

有时会切实感觉到，爱情友情亲情能够混合在一起，分不清楚，也不用分清楚。这样的关系是一种现实的可能性。这感觉更加自然，更加舒服，更少计较，更少挫折感。

连接

人和人之间的连接方式千奇百怪，无论性质、内容和情感类型都很复杂。世界上没有任何两个人的关系是与他人一模一样的。归类只能是大致的，如爱情友情亲情的归类，真正精确的归类是不可能的。

亲密关系的益处

长期稳定的亲密关系为人带来安全感，就像亲情，不会出现背叛、分离、厌倦。永远充满激情和诱惑，其中最主要的价值是愉悦感。

罕见

生命中的几十年过去之后，人才能知道世间真正有趣又美好的事物有多么罕见，多么难寻。爱情就是其中之一。

干净

爱是这样的：无论世界多么坚硬，他永远在你心中最柔软处；无论世界多么肮脏，他永远在你心中最干净处。

喜爱

爱情当中最美好的不一定是激情状态，而是一种喜爱和亲密无间的温柔感觉。

隐秘

隐秘的情感比公开的情感更加动人，更加有味道。这就是所有的戏剧都不爱写婚姻而偏爱写偷情的原因。

如沐春风

爱是主动，被爱是被动；爱是激情迸发，被爱是惊喜莫名；爱是柔情似水，被爱是如沐春风。

惊喜

爱情是平淡生活中的意外惊喜，既像飞来横祸，又像平白无故的中奖。

内疚

爱情并非总是那么理直气壮，有时会有中了大奖的人那种对不住其他人的内疚感，内疚感来自感到自己运气太好了。

麻烦

爱有时是一种很麻烦的感觉。快乐倒是快乐的，有时狂喜，有时窃喜。但想起其中的比较、争斗，五味杂陈的微妙感触，又是十分麻烦的。这一点反倒不如不掺杂爱情的单纯喜欢或者好感。

爱自己

人必须先爱自己，别人才会爱他。如果自己都不爱自己，甚至厌恶，别人怎么会爱他？

等待

静静地等待另一个灵魂，是一种非常美好的感觉，尤其是知道他一定在那里，绝对不会消失时。

爱情种类

爱情有很多种类：诱因有很多种（生理的，心理的）；形态有很多种（爱是一种，被爱是另一种）；程度有很多种（深的，浅的，浓的，淡的）；甚至性质都有很多种（偏亲情的，偏友情的）。有的爱有多种复杂成分，界限不清地混杂在一起。

心境

在人的万千心境之中，爱是最有趣的心境，也是最美好的心境。

缠绵

爱情当中最好的感觉是缠绵悱恻，苦甜参半。如果一切已经明朗笃定，味道就淡了。

盐

爱情是生活中的盐。并不是说，没有爱情生活就无法下咽；而是说，有了爱情生活才变得有滋有味。

惺惺相惜

与肉身交往所带来的快乐相比，还是灵魂的交流能够给人带来更多的快乐。心有灵犀的感觉，心心相印的感觉，惺惺相惜的感觉，都是肉体交往无法相比的。

卿卿我我

在人生无数经历之中，唯有卿卿我我最有味道、最有颜色，是人生乐事。

本色

人一旦爱了，只要对方还是本色的他，没有改变，爱就会深厚、持久，对对方会有感激之情，感激他还是他，他就是他，他按照他可爱的模样活生生地存在。

失常

激情状态应当属于失常状态，人在生命的绝大多数时间都是平静、清醒、正常的。爱情的迸发就是典型的失常状态。

纠缠

所谓爱情其实就是灵魂的纠缠，在众多平平淡淡不发生关联的灵魂之中，有两个灵魂发生了纠缠。

不可归类

喜欢不可归类的关系，爱情友情亲情杂糅的关系，去掉了三情中平庸的一面，撷取三情中的精华。这才是最不落俗套、最轻松舒适的关系。

受虐心理

受虐心理有时来自极致的爱，是一种绝对屈从、绝对投降、绝对归属的感觉。死心塌地和一往情深是一回事。

奇妙

愿意沉浸在奇妙而诡异的情感之中，享受其中的惊喜、快意和滋味。

迷恋

迷恋在外人看是不可解的，奇怪的，丧失理智的，甚至是有点可笑的。但它给当事人带来的感觉是无与伦比的，不可言说的，无可替代的。

杂质

永远保持纯粹、美好、欢乐的关系，唯有在精神领域。一旦降低到肉身，就难免有了杂质。

亲 情

在爱情友情亲情这三情之中，亲情是最省力的，最自然的，最舒适的。爱情要求有超出寻常程度的激情；友情要求有超出寻常程度的灵魂投契；只有亲情什么都不要求，只要待在一起就高兴。

戏 剧

爱情是在波澜不惊的生命之湖中平白无故掀起的一个波澜；是平淡无奇的夜空中无缘无故亮起的一道闪电；是庸常无味的日常生活中恶作剧般降临的一场戏剧。

英 雄

儿女情长英雄气短。一个儿女情长的人，沉浸于男女私情当中，无暇顾及天下大事，不属于英雄的类型。有点英雄气概的人往往能够忽略男女私情，这种人往往不够可爱，只是令人敬畏而已。

持久的激情

难道所有的激情最终都会归于平淡？在激情发生时，如果有迷恋在其中，当着迷的色彩褪去之后，就会激情不再。但如果激情是清醒的，那就是对方的气质本身引发了激情，于是，激情有可能保持很久。

幸福的黄手绢

看过无数电影，在记忆中一直没有泯灭的是《幸福的黄手绢》。一位因犯罪入狱的男人（高仓健饰）与女友约好，如果出狱后还接纳他，就在窗前挂一条黄手绢，如果不想再见就不挂，他就会悄然离去。等他出狱回到山中的家，看到房前挂满了黄手绢，像万国旗一样，猎猎飘扬。其中仁慈、期待和热烈的情感，令人感动莫名。

嗓音

据说在眼耳鼻舌身五种感官中，女人对听觉情有独钟，即容易因男性的嗓音而起性，这是典型的非理性感觉。即并非理性思维分析综合的结果，而是完完全全来自感性。

肆意

激情之爱是肆意纵情的，无遮无拦的，人只能在它的裹挟之下随波逐流，要想阻挡它，只是徒劳无功。所以不如享用它，随遇而安。

清爽

喜欢一切都清清爽爽：周边环境清清爽爽，人际关系清清爽爽，头脑清清爽爽，生活清清爽爽。

友情

友情比爱情更好的一面是永远不会失去。由于爱情是激情，比较容易过去；友情却是温情，比较容易持续。爱情如火，友情如水。

斗争还是和睦

在情感关系中，有斗争，有和睦。斗争令人兴奋，和睦令人愉悦。如果只是和睦，没有斗争，就会感觉平淡。所以俗话说：争吵是生活中的盐。

强心剂

友人就像强心剂，在生命陷入低潮的时候，友人的活力、善意和密切关注能够起到起死回生的作用。

山羊

看冰岛电影《山羊》，写两位老兄弟的关系。前有四十年不说一句话，后有你救他他救你，令人动容。人世间最可宝贵的不是别的，还是感情。

驻扎

日常生活只是浮光掠影，旅途劳顿；情感生活才是驻扎下来，休养生息。

高尚

如果想让自己的生活是高尚的，生命是高尚的，就要远离所有的坏人、小人、猥琐的人，只留好人、君子、大度的人在自己身边。

美好关系

所谓美好关系有几个要素：一是全无芥蒂，可以无话不谈；二是满怀善意，绝不会伤害；三是灵魂投契，同忧同喜；四是相互喜爱，相互欣赏。当然，顶级的美好关系是发生了激情之爱。

交友之道

交友之道有三：一是相互独立，没有依赖，有了依赖就没有自由自在的感觉了；二是相互尊重，要为和而不同留有空间，允许各自有自己的生活重心，不强求一致；三是相互喜爱，在一起只为高兴，不为烦恼，只展现自己好的一面，不用自己坏的一面打扰对方。

携手

选择亲密关系其实就是选择一个在漫漫人生路上携手同行的人。路还是要靠自己一步一步走，只不过有个可以鉴证你的人生的人，可以偶尔交流一下心情和想法。

属于

归属感是人际关系中最好的感觉。你属于我，我属于你。你永远不会离开我，我也永远不会视你为路人。归属感是踏实的感觉，是温暖的感觉。

进入

人需要归属感，令人感觉在这个世界上不那么形只影单。归属感是实在地进入亲密关系的感觉，是进入某人心中的感觉。

其乐无穷

在物质生活、精神生活和情感生活这三者之间，最令人兴味盎然的还是情感生活，因为它牵涉到另一个灵魂，有未知因素。

永恒

期望在我的存在中，激情永恒，爱情永恒，温柔永恒，归属感永恒。

意犹未尽

交往总是处于意犹未尽的状态是最好的，如果一切都处于清楚明白透彻见底的状态，关系就转为无趣。

忠实与认真

喜欢忠实而认真的人，忠实令人感觉可以依靠，可以向其托付自身，不会被抛弃；认真令人感觉可以信赖，可以向其展示内心，不会被嘲笑。

交叉线

一个人的生活沿着生命的轨迹延伸，是一条线（直线或曲线），他人是另外一条线。亲密关系就是两条线在某一点上的交集。线还是各自的两条线，即使婚姻和爱情也不例外，只不过这交集更紧密、更胶着而已。

归属需求

马斯洛人类需求五层次理论中，第三类需求是归属需求。它的确是生命的一个基本需求。有了归属感，人生才感到安全，才感到快乐，才感到意义。没有归属感，人生就是孤独的，苦涩的，空虚的。

忽略

爱情真是其乐无穷。你可以忽略关系的性质（友人，还是情人，还是亲人），忽略情感的性质（友情，还是爱情，还是亲情），忽略对方的感觉（对你是友情，还是爱情，还是亲情），只是一往情深，一味地给予，沉浸其中，无休无止。

养生

当人与人建立起忠实的关系，对此关系全无焦虑，完全信赖，它给人带来的就全是正面作用，没有负面作用了。特别养生。

亲密关系

理想的亲密关系包括以下特征：相互关注，相互喜爱，相互欣赏，相互扶持，心无间隙，温暖柔软，绵绵不绝，永不分离。

热烈

喜欢一种热烈而又温存的关系，热烈使得关系快乐，刺激；温存使得关系舒服，安全。

信任

朋友间最重要的是信任。你可以无条件地信任对方，他会始终在那里，不会消失，不会改变。

幸福创新

幸福有多种形式，最典型的当然是爱侣关系，但密友级别的关系也有幸福感，属于非典型性幸福。也许它是幸福的创新形式。

悬念

好的戏剧一定要有悬念，好的人生戏剧也一定要有悬念，永远处于不确定、不可预知的状态。一旦尘埃落定，就会丧失魅力。

痴迷

没有想到爱的痴迷可以如此长久，唯一的解释是可望而不可即。

叩问

爱情就是叩问另一个灵魂。有时这叩问可以得到回复，有时却得不到。

无限

生命是有限的，情感是无限的；恨是有限的，爱是无限的；现实是有限的，想象是无限的；痛苦是有限的，快乐是无限的。

调情

极端的贞洁与放浪形骸；极端的单纯与复杂敏感；极端的诚恳与狡黠诙谐。当两个极端同时出现，就是调情了。

庆幸

庆幸自己遇到灵魂伴侣，每每想起还会热泪盈眶。此生能够常常沉浸在如此醇厚的情感之中，真是无比幸运。

心湖

爱就是在心湖中扔下了一颗石子，清澈碧绿的湖面漾起了几圈涟漪。

眷恋

世间的一切都不真的值得眷恋，唯有一点点两情相悦的情感是个例外。

深度交流

只有灵魂的深度交流才有意思，一般的爱情、婚姻和性只是寻常的快乐。

最可宝贵

激情之爱在任何情况下都是人生最可宝贵的，无论是否与对方真实情况相符，无论对方的婚姻状态如何，无论对方的反应如何。

灵魂吸引

世间多数的爱恋是以生理吸引为基础的一时的意乱神迷，只有少数的恋情涉及灵魂的吸引与喜爱。

不强求

最好的人际关系是全无压抑的关系，是什么感觉就是什么感觉，有了的感觉不强行压制，没有的感觉也不强求拥有，可以按照自己的本真和本意生活。

甘醇

只有尝过真爱滋味的人才能知道爱的甘醇和甜蜜，那种滋味只要一尝之下，便愿意放弃世间一切。

奇妙

爱这个东西真是奇妙，它一旦得到了回应就会变成点金术，化平凡为奇特，化丑陋为美好，化腐朽为神奇。而且绵绵不绝。

欢欣

一般人只是活着而已，与人有亲密情感关系的人才感受到活着的欢欣。

确实

许多人根本不相信世界上有被称为爱的这种东西，但是这种非理性的迷恋的确在一些人身上发生。根据各自的性格特征，这一现象或强或弱，或明或暗，或浓或淡，但是它的确发生了。

朋友

除了那五个密友之外，人的一生只需要与所有那些已经故去和现存于世的最优秀的人物做精神交流即可，他们是最好的文学家、艺术家、哲学家，是家喻户晓的人物。

活着的证据

相比之下，人与人之间的情感是世间最可宝贵的体验，无论是亲情友情还是爱情。情感是人活着的最佳证据。

卡萨诺瓦综合征

总是不断地陷入恋爱然后放弃关系就是卡萨诺瓦综合征。其主因是不自信，要反复证明自己的魅力，只关注自己的感受完全不关注对象的感受。这样的人不会与人建立长久的亲密关系。

长相厮守

人会产生与某人长相厮守的欲望，这种欲望无论其动因为何，都是可贵的，不常见的。

完美关系

如果亲密关系中存在斗争关系、紧张关系，那就不完美。完美的关系是全无芥蒂的，和谐无间的，温柔熨帖的，给人带来的全部是正面的温暖的美好的感觉。

失衡

物理上作用力和反作用力相等，在人际关系中付出与反馈也相等。只要失衡，就不会长久，关系就会解体。

长久

长久是某物价值高低的标准之一，无论是物质产品、精神产品还是人际关系。

一切

最好的关系就是觉得对方一切都对，一切都好，就连缺点也有其可爱之处。

清醒

既清醒又保持爱，这是一件很难做到的事情。人一清醒，现实就毫发毕现，包括种种愿见和不愿见的细节。而爱只在幻想之中。

祛魅

爱常常表现为迷惑、着迷，对对方的真实状况若明若暗。在祛魅之后，在看清楚对方的一切之后，爱往往就会退场，变成喜欢和好感。

同心圆

每人都有自己的生活重心，有自己的朋友圈子，只是在过着各自的生活。与他人只是偶有交集而已。每个人都有一个以自己为核心的同心圆，他人则分散在这个同心圆的或远或近的一个圆之上。

熨帖

特别喜欢与他人熨帖的关系，没有焦虑，没有纠结，没有猜忌，只有一味地关切和好感。

年龄差

比自己喜欢的人年龄大在某种意义上是好事：你肯定会比他早离世，这样你的情感就可以保持终身了，你就可以终身有伴了。

灵魂狂欢

爱情是非理性的，是一次灵魂的狂欢，它远远超出了常理，感觉比常态敏感了一百倍，夸张了一百倍，狂热了一百倍，激烈了一百倍。

奖赏

一个人可以得到持久的爱有两大因素：他自身的美好可以引发他人之爱，他对他人之爱能够做出回应。二者缺一不可。二者兼备就可以得到这一奖赏。

生命之泉

将爱情深藏心中也是一种挺好的感觉。它就像一股生命之泉，不断地涌流，孕育情感，孕育生命，永不枯竭。

自娱

爱情的长处在于它不仅是自利的，同时也是利他的。或者反过来说，它不仅是施惠于他人的，也是施惠于自身的。它归根结底是自娱的。

简单

有时觉得幸福其实非常简单，就是一种有效的、深入的灵魂沟通而已。

爱情

爱情是人的平淡生活中的意外惊喜，它对庸常的人世来说是一个太过美好的经验。

艺术

美

写 作

我写故我在。当我在写时，我存在；当我没有在写时，我不存在。

高 兹

高兹说：重要的不是写什么，而是写作本身。这是一个作家的肺腑之言。因为对一个作者来说，写作就是他的生活本身，至于他能写出什么，那不是他自己能够完全掌握的。

文 无 定 法

没有人规定该写什么，该怎样写，所以说文无定法。凡是按照固定的规则路数写出来的，必定不好看，因为没有意思。

彩虹

人生一定要拥有彩虹式的审美，如果只看一种颜色，该颜色不一定不美，但是总比不上色彩缤纷给人带来的感觉更加愉悦。

灵感

偶获灵感，心绪难平，夜不能寐，跃跃欲试。尤其在长久的消沉期之后，令人喜出望外。

刻意

在艺术品中，我不喜欢刻意做出来的，而喜欢自然流露出来的，就像吴冠中所说的，张大千的画漂亮但不美。漂亮是做出来的，美却是自然流露出来的。

冲动

艺术家全靠内心冲动，冲动强烈就是优秀艺术家，冲动微弱就是平庸艺术家，没有冲动就不是艺术家，仅仅是个匠人而已。

古典与现代

古典作品就是好听好看的作品，现代作品就是对古典规则的破坏，就是不好听不好看的作品。

艺 术

艺术这个东西就是发自内心的来自人性深处的一点感觉而已。

色 情

引发性唤起的文字就是色情的文字。色情首先不是一个不好的感觉，而是一个自然的东西；其次，它是一种高雅的极致感觉，一般人不一定能享受到。

撒 欢

写作常有撒欢的感觉，随心所欲，自由自在，自说自话。世界上没有任何事比这事更爽。

幸 福

最幸福的时刻还是坐在电脑前，就像陈丹青说过的他站在画布前的那种感觉。

艺术家

艺术家是世界上最幸福的人。别人的生存之道是劳作，他们是玩耍；别人必须做成年人，他们可以永远做孩子。毕加索说他用很多年时间试图回到孩子的状态。

审美快乐

审美快乐不仅可以被动获得，而且可以主动创造。前者如听音乐、看画展、读小说，后者如作曲、画画、写小说。

思想游戏

写作是思想游戏。人每天左思右想，把想出来的写下来，用这件事来度过自己的生命时光。

幸福

在这个年龄，一天可以写三四千字的小说，几百字的散文，心中感到幸福极了。愿这样的生活方式能够保持终身。

浅显

总是觉得一切道理都浅显易懂，思考写作难免浅显易懂。可是叔本华、尼采和萨特又有什么难懂的想法呢？

天真

人可以做到既透彻又天真吗？透彻是洞明一切，天真是直面一切。

淡定

对于自己的书的遭遇取淡定的态度。祸兮福所倚，福兮祸所伏。没人能见到，增加了神秘感，避开了检查和酷评，不见得是坏事。

诗

最好的诗在爱中，因为爱的心境就是诗意，爱的语汇就是诗歌，爱与诗情画意是一而二二而一的。

纯净

劳伦斯说过，艺术家的第一要素是心灵的纯净。如果心灵不够纯净，不会做出美好的作品。这是成为一个艺术家的必要条件。

等待

等待创作的冲动，怀着肃穆的心情，期待奇迹降临。

虚荣

所有的虚荣都不值得去追求，要在做事过程中体验创造的快乐。不能为自己带来快乐的作品，既不会为他人带来快乐，也不会带来成功。

兴趣

凭兴趣写作的人才有可能写出好作品，凡是写出好看作品的人都是对沉闷和丑陋极其不耐烦之人。如果一个人能够忍受无趣的作品，他只会写出无趣的作品。一个作品的好看程度与作者的不耐烦程度呈正比。

冲动

有冲动是生命最佳状态，无论是创作冲动还是性冲动。弗洛伊德把艺术创作的冲动直接归因于性冲动受阻，恐怕也不无道理。

羡慕

对于那些有写作冲动的人，心中真是无比的羡慕，但是对于他们写作冲动的源头——生命中的苦难，却是绝对不愿意去经受的。像莫言的挨饿、余秀华的残疾。

良宽

良宽说：最不喜欢"书家的字、厨师的菜与诗人的诗"，因为这里面只有技巧而没有自性，太多表面文章而缺乏内蕴，过于一本正经而缺少自然而然的品质。由此可见，真正能够给人带来快乐的必须是浑然天成的东西，自然流露的东西。

沉默

人作为一种生物归根结底是沉默的、安静的，他所发出的声音在大多数情况下与其他动物发出的大同小异。只有音乐是有秩序的声音，衍生到文字。文字也不过是人发出的有秩序的声音而已。背后有旋律、有逻辑，就会显得美。

尝试

写作是唯一值得做的事情，我要去写现代派小说。现代派小说与古典小说的对比，就像现代美术与古典写实派美术的对比。试试去做自己从未做过的事，不好吗？

丰富

那些不是因为痛苦和压抑而写作的人，更有可能是精神世界丰富的人，如卡夫卡、王小波。

何谓艺术

保罗·克利说：艺术并不描绘可见的东西，而是把不可见的东西创造出来。这句话的狭义理解说的是与现实主义相对的抽象艺术，广义理解说的是艺术不是白描，而是情绪和见解的表达，是无中生有的创作。

荣 格

荣格关于艺术品支配艺术家的观点有惊人的真确感，我的经历就是证明。冥冥中有一种力量在写，我只是一个工具而已。

雅 与 俗

最俗的常常就是最雅的，比如吃饭、做爱这些事，俗到不能再俗了，可是在艺术家笔下，可以变成最雅的事情。

文 学 类 型

成功的文学都是雪中送炭型，而非锦上添花型。前者描绘出人生的窘境，后者只是在想象中无病呻吟。

感 性

印象派大师毕沙罗："朴素而柔和的感性，静静地沉浸在田园生活的情调中。"哲学家做理论思维，艺术家做形象思维；哲学家看重理性，艺术家看重感性。

动 力

写作的动力来自生命的冲动，来自性格，也来自对生命的看法。

自得其乐

全世界有无数的人在写作，意义何在？价值何在？
唯有自得其乐者的写作可以愉悦他人；唯有源自内心
感悟的写作能够打动他人。

探索和创造

世间所有的事情中，探索和创造是最有趣的。探
索未知的事物，创造未知的美，其中既有已知的快乐，
又有意外的惊喜。

顺其自然

在有冲动的时候创造美，在无冲动的时候享受美，
这就是我选择的生活方式。

未知

生活中最无趣的是已知，最有趣的是未知。愿生
命中充满未知。交友是探索未知，写作也是探索未知。
这样的事情不多。

动机

人们写作有各种动机：为留名，为金钱，为谋生。
我写作不为这一切，仅仅为了快乐。

灵 媒

作者的身份实际是灵媒。凡是有写作冲动的人就是半个灵媒，写出来的人就是整个灵媒。他只是一只手而已，把那些来自造物主头脑的冥冥中的故事记录下来。

天 堂 与 地 狱

有的可写的时候，生活是天堂；没的可写的时候，生活是地狱。

幸 福

幸福是写了一篇自己还算满意的小说的时候；幸福是写了一篇直抒胸臆的随笔的时候；幸福是写了一篇自心中涌流出来的诗的时候。

不 得 不

文学作品中的人物必须是不得不陷入某种境况之中的，他没的选择。如果他有的选择，故意为之，刻意为之，就不会是好小说。

打 动

凡是打动人心的音乐、画作和文字都是曾打动过艺术家本人的。只有走心之作才有可能打动人心，引起他人共鸣。

枯竭

生命有枯竭的时候，欲望有枯竭的时候，写作冲动有枯竭的时候。所以，趁着尚未枯竭，多多宣泄吧。当写作的动力枯竭之时，就是生活的动力枯竭之时。真到枯竭时，只好坐以待毙。

自娱

每天有无数的人写无数的诗歌、无数的小说，画无数的画，做无数的歌曲，拍无数的电影，优异者凤毛麟角。对这少数优异者来说，创作大多只是他们的生活方式和自娱自乐而已。

生命之火

祈祷灵感的降临，期盼灵感的降临。相信生命之火还将继续燃烧，尽管已经不是那么热烈，尽管早晚有熄灭的一天。

平庸

古诗中充斥平庸之作，少数能够打动人心的诗句，都是能够最准确最完美地传达某种真情实感的句子。

上天眷顾

艺术家是受上天眷顾之人，他们写出美好的文字，画出美好的图画，做出美好的音乐，令万千人赏心悦目，在他们美好的心灵之作面前流连忘返，感动不已。

着魔

不着魔不成活，无论对艺术还是对人来说都是如此。如果对艺术不着魔，就不会成功；如果对人不着魔，就不会爱。

放弃

当创造的冲动消失之时，就是享受的生活方式开始之时。可以放弃所有的劳作，开始无忧无虑地享受生活了。

生命的动力

人说：冲动是魔鬼。但是没有冲动就是俗人，缺乏生命的动力。写小说要靠冲动，做学问要靠冲动，就连过日子都需要冲动，否则就是行尸走肉。

天然

喜欢天然无矫饰的文字，无论是看别人的还是自己写。

专注

只有那些专注于自己的事情和生活感受的人写出的东西才能吸引他人的关注，因为他们说的事首先打动了自己，写出来才能打动别人的心，令人感同身受。

修行

怎样才能永不枯竭？唯有天天修行，天天写作，天天爱人。有一天生命就修行一天，写作一天，爱一天。

不焦虑

对于写作冲动的低落和丧失采取听之任之的态度，不焦虑，不纠结。静等冲动再来，如果一直不来就认命。

天才

真正的天才都是疯子，病态地执着于某一件事，如凡·高，如卡夫卡。凡是理性占主要地位的人，都是平常人，内心冲动会有枯竭的一天。

享用

写作冲动枯竭之时可以做两件事：一是思考宇宙人生，宏观角度；二是纯粹享用美，享用存在的时间。

重复

我写小说有重复的现象。注意看，每位画家都在不断地重复自己，这是普遍现象。原因何在？就是因为这是他内心冲动之所在。

枯水期

在写作的枯水期，心中惊恐，不知道是暂时的枯水，还是永远的枯竭。万一是后者，今后将如何生活？写作有了强弩之末的感觉，此时只好停笔。宿命如此，奈何奈何。

烟消云散

在写作枯水期，唯有最终一切都会烟消云散的想法可以抚慰内心的空虚和恐慌。

生活

在现实中过真实的生活，所思所想，所为所感，全都是真实的；在写作中过虚拟的生活，一切均属虚构。

遵规守矩不是创作

看到赵无极的这句话，甚有同感。艺术的两大要素，一是真诚（朱新建语），源自内心冲动，二是不循规矩随心所欲。

厌恶

厌恶平淡的人才能过上不平淡的生活，遇上不平淡的人，写出不平淡的小说，做出不平淡的事情。

汹汹

人潮汹汹，奔波劳碌，绝大多数的劳作都只有鸟儿觅食的意义。只有少数艺术家的创造是例外。

惊喜

在弥漫的痛苦和平庸当中，只有偶然闪现的美令人意外惊喜。

超越

人不可能拔着自己的头发脱离地面，但是在幻想的世界，人却可以摆脱人世的污浊烦恼，来到一个理想的世界。这就是文学对于我的意义。

完成

有一种预感，已经接近完成之年。就像萨特在六十五岁封笔，感到内心正在丧失冲动。也许新的一年是生活方式的改变，是真正赋闲的开始。无所事事，回归生命之初的状态。

发自内心

无论是画画还是写作，只要是发自内心真实发生的想法，来自内心的挣扎和纠结，那就是有意义的，就是好的。无论为名为利还是为其他世俗的需要，都没有意义，也不会是好的。技术倒在其次。

平凡

多数人注定平凡，少数人注定不平凡，多为天成，很少因后天努力而成。所以，无论自己是平凡的还是不平凡的，不必介意，听之任之。

耕耘

只要耕耘，必有收获。如果不耕耘，不劳作，当然会颗粒无收。

审美

在平庸的日常中发现美，创造美，享用美，这是人摆脱无聊、平庸和厌倦的一个途径。

思考

每天的随笔尤其格言写作就是我的修行，检点行为，思考意义，冥想宇宙，纯净心灵。

空 白

在没有写作的日子，生命仿佛空白，没有修行，没有在生命中留下记录，就像没有活过。

虚 度

如果一天不思考，一天就是虚度。如果一天不写，一天就是白活。

怪 癖

艺术家都是有怪癖的，如果没有，就不会从同一件事中得到与常人不同的感受，就不会比常人更加执着于某事，也就不会做出常人做不出来的作品，如草间弥生。

真 诚

真诚地思考，真诚地写作，真诚地讲话。这是做人的底线。真诚是写作的要义。真诚的写作有好有坏，不真诚的写作根本不可能是好的。

乐 趣

只有当写作是乐趣的时候才写，当它变成痛苦和折磨的时候就停笔。

自由

写作其实可以更加自由，像莉迪亚·戴维斯那样，不遵从任何字数、格式、结构的成规，只遵循内心的冲动。

两种美

美有两种，一种是秩序，对称，美化现实，形式之美；另一种是反秩序，不对称，丑化现实，混乱，破坏，摧毁，形式之丑。用另一种表达方式说这个意思：一种美是形式美加内涵美；另一种美是形式丑而内涵美。现代主义作品都属后者。

取代

在机器取代了绝大多数人类工作之后，剩下来的只是文学艺术娱乐类的"工作"，这是机器无法取代的。此类产品的主要特点是：创造者本人享受过程，大众消费这一享受的结果。而机器并不能享受创作的过程，所以它们不能创作出好的文学艺术作品。

幸福

写作对于我是最幸福的时刻。每天早上从海边散步回来，端坐在电脑前，心中跃跃欲试，就是我最快乐的时刻。

享受写作

凡是做出好东西的人都是能享受过程的，约李零出来聚会，他总是不乐意，说：我就这么点儿爱好（指闷在家里写作）。从他的文字也能看出他有多么享受写作过程。由此可以反推：如果不能享受过程，就别写了。

自由

自由地表达，自由地歌唱，这是所有文学艺术的下限。其后才能谈得上表达得完美，歌唱得动人。

创造

生活中多数时间是平庸的，只有少数创造的时刻令人感到生命的欢欣。

升华理论

弗洛伊德关于原欲受阻升华至文学艺术领域的论断是个天才的论断，既符合心理规律，又十分励志。

意义

看到阎连科的一句"写作无意义"，感觉这是过来人的感悟，没有写作过的人不会有此种感悟。其实，写作还是巴塔耶意义上的行动，他只说写作是人唯一可能的行动，并没有说它除了自身之外还有什么意义。

残缺之美

完满的事物是甜美的，但是有点甜得发腻的感觉；残缺之美才真正令人感慨，令人遗憾，令人玩味。

宁　静

最好的生存状态是宁静，没有烦恼，也没有解决不了的欲望。但是，这种状态不一定有利于写作，因为冲动和激情恰恰是与它相悖的。

奈保尔

与这个人连在一起的词是：真实，孤独，无趣。他把自己剖析得很无情，把别人观察得很透彻，但是他的人生除了写作，鲜有快乐，十分沉闷。

努　力

后天的努力虽然可以改善状态，但更多的是造成焦虑和扭曲。就像拔着自己的头发使自己脱离地面的努力。快乐而舒适的状态是听其自然，随心所欲。人能做成什么事，多半凭天赋，很少凭努力。努力的结果不但一事无成，而且搞坏了自己的心情。

眷 顾

上天的眷顾只给有心之人。它把可爱之人给会爱之人，它把美丽之物给爱美之人。余秀华就是一个证明——虽然她外貌不美，但是她内心爱美，上天就给了她写出美好诗文的能力。

先天成分

马斯洛说："一个音乐家必须作曲，一个画家必须画画，一个诗人必须写诗，这样他才能最终做到心平气和。一个人能够成为什么样的人，他就必须成为什么样的人。"他的话重心在于，如果人没有成为他能够成为的人，他就会郁郁不乐，就会出心理问题。从另一个角度看，也可以说，一个人是什么样的人有很大先天的成分。

表 达

表达是人与生俱来的冲动，也是最原始的冲动。所以表达自由是最基本的人权。

八 斗

谢灵运评曹植："天下才有一石，曹子建独占八斗。"读其诗，确有画面感，例如："悠悠远行客，去家千余里。出亦无所之，入亦无所止。浮云翳日光，悲风动地起。"一个人踽踽独行的画面跃然纸上。

表 达

羡慕那些有非说不可的话的人，不写会死的人（里尔克语），如果没有非说不可的话，不写也不会死，那就真的无事可做了。

生 命

回想与小波相处的日子，痛感生命的脆弱和短暂，稍纵即逝。庆幸他留下了美好的文字，他的生命以此种方式延续。

享受与折磨

好的写作是享受；坏的写作是折磨。

亵 渎

只有源自内心冲动的写作才是值得的，为了其他目的的写作（为钱，为名）是对写作的亵渎，也不会打动人。

出 书

以每年一本的平均速度出书，这是一个健康的节奏。使得生命有充实感，似乎是对自己生命历程的一个记录方式。

庆幸

庆幸自己有特殊的嗜好，酷爱某些文学艺术作品，而且自己有一点点写作的冲动。无法想象如果没有这样的爱好，我的生命将是多么的空虚。

幸运

写作的冲动是一种幸运，生命的冲动也是一种幸运。我要丧失这一幸运了吗？

硬写

在没有内心冲动的时候硬写是绝对不可取的，那是对自己的折磨，也是对他人的折磨。要确保写出的每一个字都是来自内心的冲动。

怀孕

等待灵感来临就像等待怀孕。尽管做爱，却不一定能够怀孕。

丧失

在丧失冲动之后才感觉到冲动的可贵，在进入写作枯水期之后才感觉到井喷期的可贵。

等待

阅读，欣赏，等待写作冲动的到来，有了冲动就写，没有冲动就不写。有了，我幸；没有，我命。

休眠

在失去动力之时，在失去创造力之时，只有静静等待，就像种地的休眠期，积聚营养，蓄势待发。万一动力永远不再来，那就彻底休息了。

风格

有人的风格是含蓄，有人的风格是直白，无论在写作上还是生活中。我的风格显然是后者。

便秘与拉稀

看到一位创意充沛的建筑师说道，每次酝酿作品就像便秘，创作成功就像拉稀，不觉莞尔，十分传神，是经验之谈。在便秘时要有耐心，耐心等待，不急不躁，于是才有可能最终获得大便畅通的快感。

兴奋

兴奋起来才能写作，如果自己不兴奋，写出来的东西别人看到不可能兴奋。

不耐烦

由于自己看书时对好的才能看下去，对坏的会不耐烦，所以自己写作时会自然而然只写能看得下去的，不写会不耐烦的。这也符合己所不欲勿施于人之义吧。

新词

我对所有的新词都十分警惕。反感一是来自《1984》式的词不达意（战争即和平，自由即奴役……），二是来自保守情怀。好的文字是用寻常词汇表达出不一样的意思，而不是直截了当去造一个新词。

记录

人为什么要记录自己的生活？这是唯一对得起自己的做法。对自己的生命采取一种认真的态度，享用的态度，记下点点滴滴琐琐碎碎的感受，明知没有意义也要郑重其事地记录一下，而不是懵懵懂懂地虚掷时间和生命，让它不留痕迹地逝去。

冲动

对一个文学家艺术家来说，内心的冲动就是全部。技巧上当然也不是全无用处，但是如果没有内心冲动，再多的技巧也无用。这点很像做爱，纵然是技巧纯熟的大师，如果没有性欲，也就全然无用。

灵 感

写作的灵感不会常来，在没有灵感的时候，只好等待，不可动笔，动笔也是徒劳。

不 幸

不幸有利于写作；顺遂不利于写作。正是所谓"文章憎命达"。可一个人的人生是不幸的还是顺遂的往往不是自己能选择的。

痛 苦

痛苦是人做事冲动的源泉。没有痛苦，就没有解除痛苦的努力，也就没有写作的动力。

适 合

写作是最适合我的生活方式。无论从身体状况、好静性格，还是从对人生的超脱态度来看，写作能给我带来最大的快乐。

走 心

对自己写作的自信来自所有的文字都是走心的。没有一句话是没有走过心的。我天生憎恶八股，厌恶甚至不止于心理，到达生理的层面。

相通

纯美的东西都是相通的：悦耳的音乐，动人的画，令人陶醉的小说和诗歌，其中共通的是诗意。

古诗

读古诗，古人对山川景致的感受，对生命人情的感受，与今人并无不同。古今中外所有的人对人生的感觉也并无多大差异。

无用

艺术是无用的，以无用之心才能得真艺术；交友是无用的，以无用之心才能得真朋友。

打动

凡是天才的美好的作品——文字、音乐、美术——都是打动人心的。如果不能打动人心，它就是匠人的作品。

性欲

性欲是一种带有强迫症症状的不断重复的冲动。为什么有些画家反复画同一场景，有些小说家反复写同一场景，就是性欲在作怪。

写作者

一个写作者必定要过一种以精神生活为主的生活，在内心感受各种情绪、思想和激情。

基本原则

只写自己内心冲动强烈的东西，这是一个基本原则。形式不重要，小说、随笔、格言，都无所谓。

享受

写小说是世间最大的享受，上天想奖赏某人，就让他想写小说，爱写小说，能写小说。

终于

受到莉迪亚·戴维斯的启发，我知道以后自己将如何写作了：记录值得一记的思绪、情绪、念头、故事，有话则长无话则短，把它叫作随笔、散文、杂文、格言甚至小说，有什么关系呢？唯一的要求就是真实：真实的事情与真实的想法。

艰辛

生活的艰辛和痛苦是写作的冲动，在不艰辛不痛苦的时候，还能写点什么，这就成了一个问题。

欢欣

生命的欢欣可不可以成为写作的动力？心愿如此。

欲望

回想这些年，写作的动力全部来自原欲受阻，性和爱的饥渴成为写作的动力。

返璞归真

莉迪亚·戴维斯的写作不是什么新文体的创造，只不过是到达了写作的自由境界而已，不刻意地表达什么思想、概念，也不想讲故事，不为卖钱也不想留名，只不过随心所欲地记录下自己的每一个念头、每一缕思绪而已。这不就是蒙田的自说自话吗？是写作的返璞归真状态，是原始状态的写作。就像先人在洞穴墙壁上的涂鸦。

宣泄

写作对我来说就是放浪形骸，宣泄心中的压抑和郁结。

前提

能写出好东西的前提是经历过喜极而泣和痛不欲生的情绪。

严 肃

严肃地思考、讲话、写作，这是我能想到的最美好的生活方式。

无话可说

这个世界上多数人都是无话可说的。那少数有话可说的人，只要有表达的冲动就值得羡慕；如果能说得好写得好，那就值得珍重了。

流 淌

所有真正的美都是从心中自然流淌出来的，只要有人为的痕迹，强努的痕迹，就不可能是美的。

表 达

有表达欲望的人已经少见，总有表达欲望的人更加少见。所以当自己有表达欲望时，一定要珍惜。

不耐烦

不耐烦是一个优点。天生的不耐烦可以使人避开沉闷无聊的事物，有更多的时间和精力享用有趣的作品，创造欢乐和深刻的作品。

强烈

无论是色彩、气味还是声音、触觉，都是人对外界事物的感观，眼耳鼻舌身五觉特别敏感的人才能写作，因为写作就是写那些一般人视而不见或感觉不强烈的事。

向往

心中向往写出最深刻最有趣的东西，但却不知道它是什么。应当沉下心来仔细想，认真想，看看能想出什么。到目前为止，所有的写作只是自然涌流而已，并无深思熟虑。

休息

如果生命只是休息享乐，似乎也没有什么不好。唯一的问题就是会陷入叔本华钟摆理论中所说的无聊一端，百无聊赖。写作可以令人摆脱无聊，活得快乐一些。这也可以成为写作的动机。

呆板

呆板是美的对立面，尤其是现代审美的对立面。在古典作品中，严整对称是基本特征，但古典并不呆板，呆板是死气沉沉，了无生趣。

抉择

无论是写作还是恋爱，内心的冲动是最重要的。有冲动就做，无冲动就不做，这是抉择的唯一依据。

羞惭

对于自己的小说面世总有自惭形秽的感觉。正如某人所说：从来没见过如此质朴的人。我的质朴将自身的真实示人，连同其难以示人的一面。

血与水

只有走心之作才能打动人心。血管里流的是血，水管里流的是水，看到的是血还是水，读者的眼睛是雪亮的。

小说家

好的小说家都是有丰富经历而且内心极其敏感的，他内心的冲动是压抑不住的，是无论如何要迸发出来的。

热爱

人只能去做自己热爱的事情，如果不爱，既不可能想起去做，也不可能有持续做下去的动力。

稀少

世上真正美好的东西是稀少的，无论是文学、音乐还是美术，要像蜜蜂采蜜那样追随着它们，天天享用，终身享用。

文章憎命达

人生太顺遂了，没有大苦难，不利于写作。我就是这样。如果苦难都是想象出来的，就没有亲身经历的那么刻骨铭心。

浪费

看碎片文字是浪费时间，只有那些经受过时间考验的睿智的文字、才华横溢的文字才值得花时间去看。

可能性

在写作枯水期，时常设想虚度人生的可能性：既然并没有什么非做不可的事情，既然没有什么非写不可的文字，可否选择完全虚度呢？为什么不可以呢？

美丑

虽然有现代艺术对经典美学的挑战，美与丑还是可以区分的，就像臭豆腐和粪便还是可以区分的。

顺序

无力写小说时，还可写随笔；无力写随笔时，还可写格言；无力写格言时，还可写诗；无力写长诗时，还可写俳句。诗歌也许是我最后的巢穴，最后的归宿。也许这就是诗意栖居的注解吧。

无话可说

当人感到无话可说的时候，他的生命力趋于停滞，小说家写不出小说，画家画不出画，音乐家做不出音乐，人趋近出世之境，也就是死亡之境。

世间

世间的诸般事物在年轻时是一种颜色，浓烈的颜色；在年长时是另一种颜色，清淡的颜色。艺术家是眼中的颜色永远浓烈的人。

虚假

画家弗洛伊德认为，画画时真诚最重要。他不喜欢毕加索的蓝色时期，说那些画充满了虚假的感觉。"对我来说，一幅画的质量与画家是否诚实地表达出本人的真情实感紧密联系在一起。"写作也是这样。真诚最重要。

漂亮与美

吴冠中说：漂亮不等于美。我想二者区别在于美是发自内心的，因此能够打动人心。他给艺术的定义是"把你感情深处的秘密，没办法的，拿出来，用艺术传达出来"。

真诚

所有我喜欢的艺术家都特别强调真诚（朱新建的"真诚"，吴冠中的"情真，感情要真"）。如果作品不是发自内心冲动的真诚之作，就无美可言。

艺术终结论

阿瑟·丹托的艺术终结论将艺术史分为三个阶段：远古的无艺术阶段；从文艺复兴到二十世纪六十年代这六百年的艺术阶段；艺术终结阶段。处于艺术终结阶段的艺术是自由的，无方向的，随心所欲的，因而也可以视为无艺术。

"凡·高奶奶"

看"凡·高奶奶"的画，重要的不是技术，而是内心的表达冲动。无论是画画还是写作都是如此。技术的水平是可以比较的，内心的冲动却是独一无二的。

画自己

有一种理论说：每个优秀画家画的都是自己。蒙克的尖叫，弗洛伊德的丑陋，莫奈的恬静，夏加尔的浪漫，恐怕都是来自画家自己灵魂的模样。如果从画中无法分辨出画家的自我，那他就是一个平庸的画家。

装饰价值

见到《世界装饰艺术》一书中说"伟大的艺术就是最富于装饰价值的"，有启发。因为伟大的艺术都是对自然状态的一种审美抽象，好的抽象必定是最能引起人的审美共鸣的，必定是令人感觉美的，因而才会有装饰性。

具象与抽象

具象绘画难以规避被摄影取代的命运，超写实主义似乎只是炫技而已。抽象绘画因无技可炫，倒可能表达某种情绪。就像人工智能取代人的劳作，具象绘画是可以取代的，抽象绘画却难以取代，因为人工智能没有情绪。

音乐与心绪

音乐本身当然有好有坏，但是跟听音乐的人的心绪也不无关系。例如，恋爱中的人更容易被美好的音乐打动。

净化

听到过这样一句话：一个不能被音乐感动的人是不可信任的。在这个嘈杂的世界，音乐像净化剂，洗涤我们的灵魂。

音乐

音乐能把人带到一个空间、一段时间、一种情绪之中，但只有少数成功的音乐可以做到，绝大多数的音乐都做不到这一点。好的音乐涤荡人的灵魂，祛除其中的杂质，使之清新如初，清澈如初。

失败

刘小东说：艺术是一个注定要失败的行业，成功的只是太幸运，不成功是必然的。他为什么这么说？我理解，他想说的是：因为每个人的看法不同，所以就会有人说好，有人说坏，有人喜欢，有人不喜欢。很多人都说好的才能成功，那是少数人的运气，多数人没有这样的运气，所以大多数人都是不成功的。也可以理解为：成功的也不一定就是最好的，畅销的、价钱最高的也不一定就是最好的。

绵延不绝

喜欢绵延不绝的音乐，听上去就像生命小溪的流逝，给人一种静谧、温柔、无奈、空旷的感觉。

远古

古典音乐是远古传来的声音，令人为古老年代人类心灵的美好而共鸣，而感动，仿佛回到了工业化之前郁郁葱葱的森林。

室内乐

音乐有令人心灵安静下来的力量，尤其是室内乐。劳伦斯说过，英国人是生活在室内的人，退休后的中国人也差不多是这样的人，所以室内乐是最适合我们这样的人生存的音乐。它像一剂洗涤剂，把周边的噪音压下去，把人的灵魂洗得干干净净，一尘不染。

天国

喜欢室内乐的原因是它的无休无止，缠缠绵绵，轻轻柔柔。一点不激烈，悦耳。听着，心情从烦躁中安静下来，回归内心深处最美好、最干净的地方。清除一切杂念，扫除一切猥琐和下流的念头，心灵升入金光灿烂的天国。

耳边

愿耳边常常有名家名曲鸣响，常常浸淫其中必定平静喜乐，就连奶牛听古典音乐都能多下奶，可见此中因果关系并非虚构。

提升

音乐最神奇的功效是将人从平庸提升至优雅，从琐碎提升至高尚，从混乱提升至秩序，从烦恼提升至喜悦，使人获得内心的宁静。

抚慰

音乐对人的心灵的抚慰作用是无与伦比的。它会令人的情绪在烦恼时变得平静，在痛苦时变得甜蜜，在惆怅时变得愉悦。

天籁

没有音乐的生活是没有色彩的日子，所以要寻求浸淫在美之中的生活，浸淫在美好的音乐之中是不可或缺的一环。

沉浸

终日沉浸在轻柔悦耳的古典音乐当中，感受存在之美好。这样的生活才值得一过。

心弦

音乐为什么会有令人流泪的力量，就是其中的美好、纯净、温柔和悦耳拨动了人的心弦。

浸泡

听一位音乐人说：音乐不需要懂，只要去享用即可。很有道理。像王尔德所说：文学只有两派，一派是写得好的，一派是写得糟的。音乐也只有两派，一派是好听的，一派是不好听的。愿意每天浸泡在好听的音乐之中，享受终生。

旋律

好的音乐当然首选有旋律的，但是一些音乐家做的无旋律音乐也不是完全不可接受，它们就是一些悦耳的声音而已。

声音

不喜欢大吵大闹的音乐，喜欢似有似无的音乐，就是一些静悄悄的声音而已，像呢喃，像耳语，像怕惊扰人睡梦的声音。如埃里克·萨蒂的音乐。

埃里克·萨蒂

萨蒂的音乐有种沉思的味道，好像一个人漫步在山间或林间，那轻柔的、清澈的、沉思的情绪，有种梦幻的感觉。听他的音乐，人的心不可能不安静下来。虽然完全没有旋律，只是一些零散的声音，给人的感觉就像抽象画，没有形象，只有一些色块。

恩雅

恩雅的音乐是单纯的美好，并不高深，浅浅的笑，浅浅的美。令人安静。

莫扎特

听他的音乐只有舒服悦耳的感觉，没有一点不适、尴尬和窘迫，美丽像小溪静静地流淌，清澈至极。

亨德尔

听别人的音乐也可能觉得美好，也有可能安静下来，但听亨德尔的音乐一定会安静下来。灵魂的安静。

叙说

喜欢叙说式的音乐，娓娓道来，绵绵不休，呜呜咽咽，悠悠扬扬，有一股沉思的韵味，既沉静又悦耳。如维瓦尔第（室内乐鼻祖，巴赫和亨德尔都尊崇他）的"四季"。

何谓天才

所谓天才就是心中有对某事的压抑不住的冲动，这一冲动有两个特点：一是冲动的强度远远高于常人；二是与生俱来，而非后天修来。

悲怆

最好的作品是将人的情绪用经典的艺术方式（音乐、美术、文学）表达出来，如柴可夫斯基的"悲怆"。

天赋

绝大多数人都是平庸的，有天赋的人只是凤毛麟角。有天赋的人实现其天赋只是时间问题。如果因为种种际遇使得天赋并未实现，那么他究竟是否有天赋就只能存疑了。

残酷

一个人有没有天赋是个客观存在的事情，很残酷，有就是有，没有就是没有，所谓天赋就不是靠主观努力可以获得的。

评价

无论是周边人的评价，还是历史的评价，都不可能超出人实际达到的高度，所以可以完全不在意这些评价，只是随心所欲自由自在地活着，做自己有冲动去做的事情。反正最终评价不会过高也不会过低，无论你在意与否全都一样。过于在意只会影响自己当下的心情，不如不理睬。

人才和天才

有人说：人才工作，天才创作。此话的道理在于只有天才才有创作的灵感，所有的创作都是借上天之手完成的。一般人只是做着重复性的工作而已，并无创新。

天才与努力

所谓天才就是在某一领域拥有常人没有的天赋才能，不需要超出常人的努力就可以脱颖而出。很多天才并没有成功，仅仅因为不努力，成功了的大都是天才加努力。

才力

一个人才力大小是从他的思维方式、字里行间透露出来的，无从拔高，也无法贬低。拔高的文字有种大而无当装腔作势的感觉，低劣的文字则是呆滞无趣味同嚼蜡的。有天赋的人是思想活泼语言生动的。

有限

所有成就的价值都是有限的，尤其艺术品，从来都是毁誉参半的。所以要不要做某件事最重要的是看做事的过程能否给自己带来快乐。

不朽

既然谁也无法不朽，什么也无法不朽，那就可以随心所欲，自说自话，自娱自乐了。既不必计较实际的高低，也不必计较他人的评价。

计较

不应计较一时一地之得失，尤其在写作这种事情上。作品的最终评价不会因一时之畅销滞销、好评酷评而有所改变。

忐忑

常常为作品之评价忐忑不安，害怕酷评难以承受。只有两点聊可安慰：一，写作是真诚的，发自内心的，没有矫饰；二，只能如此，无法拔着自己的头发离地而起。

命中注定

所谓命中注定的东西其实就是一个人的天赋，你有什么天赋，生命中就会有什么。有美术天赋，就会有画；有音乐天赋，就会有歌；有写作天赋，就会有小说；有情感天赋，就会有爱。成就大小决定于这些天赋的大小。

绝对标准

对于文学的好坏，最好的评价标准来自时间，活得长的就是好的，活得短的就是坏的。其他的评价都无足轻重。就连各类文学奖都说明不了什么，不是绝对标准。绝对标准唯有时间。

最终评价者

最终的评价者是时间。无论是高估还是低估，除了当下的意义，没有其他意义。此外，作品的好坏也是无法通过主观努力而改变的。

判官

时间是所有作品最严酷的判官，它判你死刑你就得死，它判你活两三年就活两三年；它判你活几十年就活几十年；它判你活几百年就活几百年；它判你永生就是不朽。

臧否

做艺术家就要做朱新建这样的，自由自在，随心所欲，自得其乐，不在乎他人的臧否。真正随情随性玩了一生，弄出些别人无法评价的东西。至少他自己已经享受了过程。

不可能

一个人不可能讨所有人的喜欢，只能照自己的本来样子去生活，去写作。

肯定

尽管人可以不在意他人评价，偶尔得到一个肯定还是很欣慰的。令人想起"好孩子都是夸出来的"这句俗语。

正常与变态

"轻微变态的作者，非常变态的作品"。这是对我的中肯评价。感谢评价者。

留下来

什么样的作品能够留下来，会被数百年后的人们阅读？听到这种说法：未来想了解虐恋人群的人会读我的小说。稍稍激动。

采摘

世间的美有如花朵，姹紫嫣红，等着人去采摘。愿一生做美丽花朵的采摘人，享受那花朵的气味、颜色和超凡脱俗之美。

美好

美好的事物在世间极为稀少，只有刻意追求，或能一亲芳泽。

有限

世上真正的美是有限的，大多数作品散落在从美到丑的谱系的某一点上。要享用到真正顶级的美感，要有对美的辨别力，那是精致敏感的灵魂才能辨认出来的。

晚霞

看到被西山遮挡的夕阳放射出绚丽的晚霞，晚霞中一弯细细的上弦月，神秘，羞涩，若隐若现。深感世界之美，美不胜收。

热泪盈眶

世间的美就像暗夜中的一点烛光，令人热泪盈眶。

立法者

尼采说："真实的哲学家是指挥官和立法者。他们说：'它应该如是！'正是他们决定人类的来由和去向……他们的'认识'就是创造，他们的创造就是立法，他们的真理意志就是权力意志。"一个好的艺术家也是立法者。

施 恩

文学家艺术家是施恩者，如果没有了他们，我们的生活将是多么枯燥乏味，难以忍受。

自 学 与 审 美

我们这代人都是自学成才的，正规教育只为我们提供了最基础的工具，随后的发展都是自己凭着兴趣摸索。这种学习方法虽然完全无法胜任自然科学，在文科尤其是文学艺术领域却可以因祸得福，习得纯粹的审美，完全没有被任何外力扭曲的原始的审美。所谓原始就是全凭自己内心的感受，喜欢就是喜欢，不喜欢就是不喜欢；能被吸引就是好的，不能被吸引、看不住的就是糟的，不受任何理论框架的影响。这也刚好符合王尔德的文学分类（文学只有两类：写得好的和写得糟的）。因为从接触文学开始，我们就是仅凭兴趣去读的。

微观 ·

修行

终 点

我的修行中一个重要内容就是想想人生的终点。每天想一次，就是每天的修行。每天将自己的存在从头到尾想一遍，这是修行的基本程序。

快 乐

福柯曾说：快乐是一件很困难的事情。人越成熟，会感到越难以获得快乐；人在幼稚时，快乐才是容易得到的。人的一生就是不断怀着好奇心发掘快乐的历程。

游 戏

人生虽然从整体看是一场荒诞的游戏，但却是一场应郑重其事对待的游戏。

审视

每日三省吾身，这是古人留下的古训。每日自省一次不行，还要三省。古人训诫的重点可能是检点言行，可以把它引申到对自己存在状态的审视。每天至少三次想到存在问题，念及存在及其状态，那才是修行之人。

修行的两个视角

修行就是每天先以宏观视角想想宇宙和远古，空间和时间；再以微观视角想想周边的景物，自己的生活。修行的内容包括对宇宙、世界、人生的思考，对自己所作所为的检讨。

欢乐

欢乐既是生活的目的，也是生活的最佳状态。应当刻意去追求欢乐，无论是肉体的还是精神的，都需要刻意去追求。

掌控

世事纷乱，人如果无法掌控自己的情绪，就无法做成任何一件事。因此要强行控制自己的情绪，闹中取静，专注于自己要做的事。

选择

只选择最美好的风景观看；只选择最美好的人交往；只选择最美好的事去做。

修行

古人所言"每日三省吾身"即是修行。修行至少应当包括三项内容，一是对当下行为的检点；二是对当下情绪的检点；三是对生命的俯瞰。即对自己行为的省思，对自己情绪的省思，对存在的省思。

修行的功课

每天早晨第一件事就是修行，清空头脑，排除杂念，想宇宙，想生命，想时间，想空间。每天审视自己的生活，平静，快乐，消费美，创造美。这是必修的功课。

清澈

愿心境常常清澈，避开浑浊之事。

狂欢

人在陷入迷狂时才能狂欢，有没有清醒状态下的狂欢？那应当是一种刻意追求的狂欢，精神的欢宴。

出走

灵魂常常有出走的冲动，要远离尘世，遁入虚空。可惜，世间有太多值得眷恋之事：肉体的欢愉，喜欢的人，以及灵魂的陶醉。

纯粹

过纯粹的生活，不让自己陷入浑浊的心境和环境。

美与丑

人生如果刻意追求美好，就可以过美好的生活；如果并不刻意追求，随波逐流，大抵是平庸丑陋的。

如果

如果有来生，我还愿意过此生这样的生活：完全自由自在，随心所欲，独立支撑，清澈开悟，一无烦恼，终日享受美与爱，创造美与爱。

愉悦

快乐只不过是一种生活态度。它是人生诸多价值中最值得选择和追求的一个价值，即身心愉悦——身体的舒适感觉与灵魂的快乐感觉。除此之外的一切均属虚妄。

尊重

尊重每一个人，一个人不论美丑妍媸，贫富贵贱，人格都是平等的，都以他选择的或无法选择的方式活着，都应当得到同等的尊重。

红尘

红尘滚滚，灾祸重重，只愿超然物外，腾空而去，来到那至清至净至幻至美的地方，闲散过一生。

首选

人在生活中想要很多东西，但是首选应当是爱与美，那些给人最美好感觉的东西。其他的只是可有可无而已。

极致

感官方面应追求极致，眼耳鼻舌身意都应追求美好的极致的感受，否则对不住自己唯一拥有的生命。

期待

内心总有期待，总有向往，虽然心情不平静，但比一无期待一无向往要好。惶惶然不可终日与心如止水心如死灰相比，还是略胜一筹。

不必

对世俗的一切都不必看得太重，权力、金钱和名望，全都可以忽视。重要的是生命的体验。

无聊

在解决生计问题之后，人生的感觉多是无聊。人于是才拼命去享用美，创造美，用以摆脱无聊。

心向往之

世间的美与爱过于罕见，因此心向往之。

心醉神迷

人生大多数时间是平淡的、无聊的，只有少数令人心醉神迷的时刻，要好好享用。大多数人在大多数时间都是正常的，平淡的。只有少数人在少数时间会陷入痴迷，对某事或某人的痴迷。这是非常有趣的现象，令人迷惑，值得珍重。

治愈

常有一瞬间，自外于世界，与它相隔膜，仿佛它的声音影像性状完全与我无关。这个瞬间的治愈力是强大的，可以治愈生理与心理的创伤。

修炼

凡是人陷入心烦意乱之时，就是没有修炼好，修炼到佳境之人应当心里干净，清澈，没有烦恼。

单纯

人可以选择单纯的生活，那就是专注于一两件事，一两个人，专注于美与爱，其他的事情一概不去理睬。

静

一动不如一静，静观世事变迁，而不是忧心忡忡，怨天尤人，这是一种更加养生的生活态度。

消费

人的一生能够消费的物质极其有限，因为维持生存实在不需要多少物资，拼命挣钱、挣很多用不着的钱的生活方式，应当认真反省，究竟有无必要。

生命状态

最佳的生命状态是最适合自我的生命状态，即自我实现的生命状态。譬如一个人的自我是创造的，那么他的最佳生命状态就是不停创造；一个人的自我是享受的，那么他的最佳生命状态就是终身享受。

筛选

在芜杂的事物中筛选出几件自己喜爱的，把玩它，珍爱它，享用它，这是我的生活态度。

振奋精神

在缺乏外在压力时，人要设法振奋精神，否则生命就会堕入百无聊赖之中。

飞翔

无论何时，要让精神飞翔。世间的丑陋、琐碎和烦恼不可细品，只可鸟瞰。

精致

要过精致的生活。每个日子是人真正拥有的唯一事物，其他的一切只不过是空无。所谓精致包括三个方面：物质生活的精致；人际交往的精致；精神生活的精致。

底色

冲动来自生命的底色。如果你生命的底色是淡淡的，冲动也将是弱弱的；如果你生命的底色是浓烈的，冲动也将是强烈的。

快 乐

快乐仅仅来自感观，肉身的和精神的，与一个人的社会地位关系不大。

圆 满

存在的圆满状态是独立，自由，平静，愉悦。

独 自 行 走

喜欢目前的生活方式，虽然在一个海滨小城一动不动，却像一个真正的旅人，独自行走在苍茫大地。

精 神 富 足

精神富足比物质富足更加重要。物质的富足只能满足日常生活的需要，精神的富足才能提供快乐源泉与生活的终极意义。

平 淡

多数人的生活都是平淡的，只有少数幸运儿活得精彩。可不能保证自始至终都是幸运。当幸运变成不幸，幸运儿会羡慕平淡的人生，就像苏联的图元帅在临死时抱怨父亲当年无力为他买小提琴，不然他会有一个平淡的人生，而不至于死得那么惨。

消耗

一个人一生能够创造和消耗的物质十分可怜。一个人的生命丰富与干瘪主要在精神方面，即对美与爱的创造与享用。

心动

世间万千事物中，只有能够让人动心的最为珍贵，包括人，也包括物。

稳态

生命已经进入一成不变的稳态，快乐也成为恒久的状态，既不太多，也不太少。

超凡脱俗

只有超凡脱俗之人，才能过超凡脱俗的生活，才能与人建立超凡脱俗的关系，才能享受到循规蹈矩的人无缘享受到的快乐。

成功

世俗的成功为人带来快乐，但这快乐是有限的。原因有二，一是成功只是相对的，还有更加成功的；二是成功也解决不了终极问题——空无。

不易

欢乐是最佳生存状态，是值得追求的目标。欢乐并不容易做到，要把物质生活、人际关系和精神生活全都调整到可以感受到欢乐的程度，是殊为不易的。

简单

人生的道理很少，很简单。凡是活不好的，都是愚蠢的人；凡是活得好的，不必是太聪明的人，只要有中等智力就可以明白那道理。

幸福

幸福来自人际关系的和谐，来自物质生活的舒适，来自精神生活的丰富多彩。

不依赖任何人

人要在世界上独立支撑，就要做到一切都不需要他人，物质上不需要他人，精神上也不需要他人，离开谁都不怕。

沉浸

想深深地沉浸在爱与美好的思绪之中，一会儿都不出来，永远都不出来。

舒适

物质和精神的舒适是生活中最值得追求的价值，过分和不及都不如它，过分的兴奋放纵和过分的压抑拘束都不够养生。

平衡

福柯十分关注古希腊人的生存态度和哲理，重点在于节制和平衡，看去有点像中国的中庸之道。这一点相当古朴，现代人如果看重这一点就显得有古风。

认真

喜欢认真的人。他们认真地对待生活，认真地对待关系，认真地对待自我。

渴望

人在多数时间并无渴望，而偶尔发生的渴望就成为生命的特殊时刻、特殊状态，是存在感相对较强的状态，也是相对有趣的状态。

每天的选择

在美好与丑陋中每天选择美好；在爱与不爱中每天选择爱；在快乐与痛苦中每天选择快乐。

躲开

常有躲开人群的冲动，想龟缩一隅，享受自己纯净的精神生活。只有在一人独处时才能够过本色的生活。不必穿着打扮，不必戴上面具，可以自由自在随心所欲。

能量

每个人生命的能量都不同。与能量大的人交往可以获得能量；与能量小的人交往会流失能量。

忽视

重视过程，忽视结果；重视写作，忽视评价；重视内在，忽视外在。

最正的三观

追求快乐，享受人生，实现自我，这是最正的三观。利他和奉献也很好，但稍稍偏激，只适用于少数人，不适用于多数人。

耳聪目明

人应当过一种耳聪目明的生活，细心观察世间万物，享用各种感官快乐。

无欲则刚

人生在世，永远纠结于各种无法满足的欲望，金钱权力名望就不必说了，还有各种瘾——酒瘾，烟瘾，毒瘾，赌瘾，性瘾。只要纠缠于未能满足的欲望，人就不可能超脱。要达超脱之境，唯有节制欲望。当然，节制欲望并不是禁绝欲望。

禁欲

禁绝性欲就像禁绝食欲一样荒诞。然而，无法禁绝食欲是因为不食会死；可以禁绝性欲是因为无性不会死。因此，禁绝性欲的主旨是禁绝快乐。

世外高人

要进入超凡脱俗的境界，就要与权力划清界限，与金钱划清界限，与搏出名划清界限。成为世外高人，不食人间烟火。人虽然不能真正超越肉身，但是可以进入精神的超脱之境。

身体的舒适

身体的舒适是物质生活的最佳目标。如果在家比旅游舒适，就选在家；如果散步比游泳舒适，就选散步；如果清淡比油腻舒适，就选清淡；如果欣赏比创作舒适，就选欣赏。

幸运

幸运之人是生在和谐家庭的人，是遇到了可爱之人的人，是有独立自由的强大内心世界的人。

智慧

智慧人生一定是顺应自然的，不强求的。是你的才是你的，不是你的再努力也不是你的。

安于平庸

世上绝大多数人都是平庸的，出类拔萃之辈只是凤毛麟角，寥寥数人而已。如果不能安于过平庸的生活，做平庸的人，生命就会是痛苦悲哀的。

安静

世上每天汹涌着各种事故，就像海浪一波波扑上沙滩。我的心却静如深谷。

名声

名声绝不可刻意追求，因为一个人的才能是怎样就是怎样，刻意追求就是有意拔高，凡是刻意拔高的一定会被打回原形。无论是高估还是低估都会被时间打回或还原到原有的高度。

苦涩

有时，宁愿选择苦涩而不愿选择甘甜。前者可以品味，后者却令人厌倦。

热烈

人的内心是热烈的还是淡漠的，在很大程度上是先天赋有的，只需顺其自然，一个热烈的灵魂就必将有热烈的人生。

美好

世间美好的事物是稀少的，多数事物是平庸的。只有美好的人和美好的物才值得追求。

退让

退一步海阔天空，这是深邃的智慧。对于一切美好的事物，万万不可强求，越想拥有越会失去。退让一步反而可以得到心灵的宁静。

常轨

人还是更喜欢在常轨中生活，不喜对常轨的改变，这就是出门旅行会令人身心不适的原因。

动与静

人总是动久思静，静久思动。热闹久了就想一个人静一静，孤寂久了就想凑凑热闹。这是人之常情。

温柔

在心中永远怀着无限的温柔，对人，对事，对世界，对存在这件事本身。

一时

与政治和现实相关的都是一时的得失，人更应当关注的是自己生活的质量，作品的质量，存在的质量。

忽略

除了情感生活和写作，其余的一切均属可有可无之事，可以忽略。

享受

趁着生命还健旺，感官还敏锐，尽情享受生命的美好感觉。主要是眼耳鼻舌身意的各种欣快感觉。这就是生命最健康最自然的状态。其余的一切身外之物都不必追求。

自嘲

自嘲来自自省，来自对自身状况的清醒深刻认知。凡是深刻的人，都有自嘲的倾向；凡是从不知自嘲的人，都有点可笑。

醉心

醉心于文学（欣赏与创作），醉心于可爱之人，这就是我喜欢的生活方式。

美梦

在美梦中，人实现了现实中不可能的愿望，经历了现实中不可能的事情。由于愉悦感既是生理的，又是心理的，所以梦也是一部分的现实，即心理的现实。

菁华

凡我交往之人，凡我欣赏之作品，凡我所做之事，必是菁华。

极端与中庸

人生的状态或在极端，或在中庸。处于极端之中，大悲大喜，大起大落；处于中庸之中，不悲不喜，不起不落。

态 度

常常以欢乐的态度面对生活，因为只要往远处想想，站在高处想想，就会觉得活着是一件又无奈又奇异的事情，短暂，残酷，偶然。所以没有什么事情值得过于焦虑、纠结，只是一身轻松地去迎接一个个的日子就可以了。

挑 选

高质的生活是挑选出来的——挑选值得去做的事，挑选值得去交的人，挑选值得享用的物品，挑选度过自己时间的方式。

控 制

人一定要学会情绪控制，无论有多么严重的状况，都可以控制情绪，心情平静，进而做到心情喜乐。

寂 静

喜欢生活在寂静的环境中，心湖平静如镜，只是偶有涟漪，仅仅因为诗意的情感。

暗 夜

人生就像漫漫暗夜，爱和美是其中的一点光亮。

仰望

要常常仰望星空，以便放空所有卑微猥琐的念头，让心变得纯净如洗。

纯净

在滔滔尘世和滚滚红尘中，为自己保留一片纯净的角落，在其中静静地度过余生。

消耗

每个人一生能够消耗的物资极为有限，一点衣食住行的需求而已，再说，也没有什么像样的理由去额外地消耗很多物资。

恬静

喜欢让情绪处于恬静的状态，这点当然并不容易做到。前提是要解决好谋生手段问题、人际关系问题和拥有对生命的宏观角度。

冲动

随年龄增长，渐觉内心冲动下降，有点无精打采，意气消沉。今后的生活可能是慵懒的，只是等待内心冲动的偶尔爆发，恐怕已是小概率事件。

欢乐

生命永远向着欢乐，眼耳鼻舌身的欢乐，肉身的欢乐，精神的欢乐。这是生命原初的动力。

实在

在生活中，尽量躲开虚名浮利和虚情假意，要实实在在的快乐和真真切切的痛苦。

享受

快乐的日子，每一天都是享受，精神饱满，心情愉悦；沉闷的日子，每一天都是折磨，精神萎靡，心情晦暗。

心情

人的心情有两大决定因素，一是世界观人生观，二是修行。前者是确定目标，后者是向着目标走去。

恒温

当生活从奔波劳碌进入安逸状态，就像从野外进入了一个恒温的房子，不会受冻，也不会受热。身体的舒适带来两个后果，一个是精神的愉悦，一个是生命力的倦怠。要想办法保持生命力。

一生和一天

一生就是一天加一天，所以如果每一天是舒适的，一生就是舒适的；每一天是愉悦的，一生就是愉悦的；每一天是痛苦的，一生就是痛苦的。

内心感觉

内心的感觉比身外的一切重要；做事的过程比结果重要。要沉得住气，看淡结果及其评价，看淡身外的一切。

美好

生命中的美好有一小部分是外在的，而大部分是自己创造出来的。美好与否主要是自己的感觉，换言之，发生在精神领域。

醉心

整日醉心于自己喜爱的人，喜爱的事物，这样的生活才是值得一过的。

秋雨

秋雨如注，暑热消散，身心愉悦。一场秋雨一场寒，季节的更替总是令人心旷神怡。

快 乐

身心愉悦是人生应当追求的起码目标，也是对于个人最终有意义的目标。其他的目标都是间接的，遥远的；这个目标才是直接的，切近的。

佳 境

人生进入佳境的标志就是不愿意再做任何改变。

超 脱

愿生命在大多数时间处于超脱的状态，没有重力的轻飘飘的状态，只是偶尔陷入沉重的激情，很肃穆的感觉。

静 静

喜欢静静地待在一个角落，静静地观察世事，静静地读读书、想想事，静静地在心里爱着一个美好的灵魂。

独 立 支 撑

自由的前提是独立支撑，无论在物质生活、精神生活还是人际关系方面，全都不依赖他人，全都独立支撑，然后才有自由。

兴奋

生命中令人兴奋的事情并不多，也许只有恋爱、创作、审美这样寥寥可数的几件事而已。

法宝

保持心情愉悦的一大法宝就是对所有丑陋的东西采取视而不见的态度。

从容不迫

人应当从容不迫地生活，因为没有什么非去不可的地方，没有什么非达成不可的目标，没有什么非到达不可的境界。

选择

人生的选择就像耳朵选择天籁还是噪音。选择天籁就终身浸淫在美好之中；选择噪音就只能活在丑陋之中。

珍视

不良的生活态度是淡漠地忽视一切，良好的生活态度是珍视许多事物，珍视生命，珍视情感，珍视自己的体验。

彻 悟

彻悟之人不会纠结于无法得到的东西，不会纠结于无法达到的目标，只是珍惜已经得到的和已经享有的，随遇而安。

拥 抱

我张开双臂拥抱人生，心中怀着好奇、欣喜、兴奋，还有一点涉险的感觉。

充 实

喜欢生命中充实的感觉，并不是忙得无暇旁顾的充实，而是一方面快乐地做着自己喜欢的事，一方面对周边世事冷眼旁观，冷静评判。

永 远

怎样才能永远生活得兴致勃勃呢？我想就是做自己喜欢的事，读自己喜欢的书，写自己喜欢的文字。自得其乐，乐不思蜀，不知老之将至。

充 满

因为生命是空虚的，所以才要用各种活动将它充满。无论如何，空虚的感觉还是不如充满的感觉。

心 境

真正的幸福是在修炼到宁静心境的时候到来的。没有过多的焦虑、纠结、激情和欲望，心中一片宁静。

基 调

在一切欲望都得到满足的时候，欢乐就成为生活的基调，触手可得。

如 歌

愿生活如诗如歌，心情纯净，目光清澈，头脑清醒，灵魂奏起悦耳的旋律。

规 律

喜欢有规律的生活。起居有规律，做事有规律。即使不像康德那样刻板到分秒不差的地步，也是令人心中安稳惬意的生活方式。

心 理 调 节

一个心理调节能力强的人，能够帮助他人解开心结，摆脱烦恼，但帮人过程中的第一受益人还是自己。他的心理调节能力可以使自己拥有一个快乐而平静的人生。

寻找

生活中的快乐要靠自己去寻找，去创造，在对美与爱的追寻中。

出世

在无法改变现状时，中国人选择出世。既是自保的方式，又是洁身自好的方式。

比较

是曾经拥有而后失去好，还是完全不曾拥有过更好，这是一个折磨人的问题。前者苦乐参半，后者波澜不惊。恐怕尽管疼痛更剧，人们还是宁愿选择前者。盖因人一生能够真正拥有的不过是感受和情绪而已，即使痛苦的感觉也强于完全无感。

愿意

我只要愿意，就可以把每一天过成节日，过得兴致勃勃，兴高采烈。

晴空

愿心境永远如晴空，偶尔阴雨，只是因为纯粹的情感。

独行

人生就如只身穿行于林莽沙漠之中，并不稍事停留。偶尔有人为伴，只是一点幸运而已，最终还是踟蹰独行。

天气

对快乐的心情来说，每一天都是晴天，阳光灿烂，微风和煦；对阴郁的心情来说，每一天都是阴天，阴风惨惨，愁雨绵绵。

细节

切记在生活中只取那一点点精华，无论是做事交友还是日常生活，绝不可涉入太深太细，细节都是丑陋的。

欢乐

世间能为人带来最大欢乐的事情当属美与爱，前者的例子是写小说，后者的例子是谈恋爱。

独自享用

说什么都没有用，做什么都没有用，生命只能独自享用。

完美

当人有客观可能性过上完美的生活时，主观上一定还要刻意追求。客观可能性不是总有的，例如无法温饱时，战乱流离时。

质朴

质朴是人最优异的品质，是做人起码要有的品质，也是做人最舒服的品质。

芥蒂

与世间的任何个人心无芥蒂，与社会心无芥蒂，与世界心无芥蒂，与宇宙心无芥蒂，人怎能不活得心情舒畅呢？

单纯

快乐的感觉是身体的舒适，精神的愉悦，神清气爽。心里没有纠结，没有焦虑，只是单纯的喜悦。

成功与存在

成功是外在的，存在感是内在的；成功是一时的，存在感是永远的；成功是他人评价，存在感是个人感受；成功是客观的，存在感是主观的。

清澈

在纷乱的世间，在浑浊的人心中，保持一点清澈，像一缕清风，像一泓清泉。

自知

那些因为一些浅薄原因而沾沾自喜的人是可怜的，比如因为家庭背景深厚，因为年轻时长相俊俏（到老了，人看去都一个样了），等等。

闪念

每当遇到现实中的烦恼心中如乌云蔽日时，一个闪念就可以令云开雾散，阳光普照，那就是：我其实已经达到了完全可以自由自在随心所欲的境地。

人生岔路

从众多的可能性中做出正确的选择是人生岔路口上最重要的行动。所谓正确是指最适合自己的、最符合内在自我的。

光亮

前面是阳光明媚还是黯淡无光，只在人的一念之间，并没有什么纯客观的标准。

幸福源泉

幸福的源泉大部分来自自身，小部分来自周边环境。前者是主观，后者是客观。而幸福主要是一种主观感受。

快乐种种

有疯狂的快乐，也有平静的快乐。前者是狂喜，后者是喜乐。人能遇上狂喜当然很幸运，但概率不高；还是喜乐更常见，更恒久。

义务

喜欢自由自在的生活，做自己想做的人，做自己想做的事，其中没有多少责任和义务，没有非做不可的事，没有不愿去做的事。

珍惜

人生中快乐的时刻并不太多，要努力争取，一旦获得，加倍珍惜。

挚爱

人的一生如果没有遇到挚爱之人、挚爱之事，真是遗憾。那生活将是多么没有滋味，没有色彩。

寂寞

无论外面有多么热闹，无论他人有多么可爱，人的内心依然寂寞。

空无

幸福的感觉从来只是微观的，宏观的视角为人带来的总是悲惨的，即便不是悲惨的，也是空无的。

苟活

除了少数为理想献身的人，大多数人不过是苟活而已。既然不过是苟活，就不如活得高兴一点。

比较

物质生活与精神生活比较，前者无趣，后者有趣；前者有限，后者无限；前者千篇一律，后者丰富多彩。

幸运

什么样的人可以算幸运的人？就是赶上一个不那么艰辛的大时代，外加赶上一个不那么艰辛的小环境，有生之年可以按照自己的意愿自由自在随心所欲地生活。

他人

人绝对不可以把自己的快乐完全寄托在他人的态度之上，无论这个他人是亲人、友人还是爱人。因为人心流动善变，有各种客观主观原因。将自己的心情完全寄托在他人身上，不但自己很不安全，而且为他人造成重负。

不理睬

对待压迫有两种态度，一种是斗争和反抗，另一种是不理睬。前者比较利他，后者偏向利己；前者是愤怒，后者是轻蔑；前者是壮怀激烈，慷慨悲歌，后者是超凡脱俗，闲云野鹤。

态度

热烈是一种态度，冷漠也是一种态度；快乐是一种态度，痛苦也是一种态度；平静是一种态度，狂躁也是一种态度；高尚是一种态度，猥琐也是一种态度。

回避

人生是用来享用的，不是用来煎熬的。因此应当回避所有痛苦、肮脏、猥琐之事，只生活在快乐、纯净、高雅的事物之中。

快乐是简单的

有时快乐是那么简单，睡了一个长长的好觉，吃了一点可口的食物，身体没病没灾，感觉不到任何脏器的存在（一旦感觉到了，它就有毛病了）。

眷恋

尽管明知万事皆空，人们仍是眷恋。眷恋时光，眷恋生命，眷恋某人，这眷恋令人心中惆怅，无可奈何。

状态

在一生中从来没有过这样的感觉：希望目前的生活状态一直保持下去，就这样直到永远。

绝顶

会当凌绝顶，一览众山小。对于世间的蝇营狗苟平庸猥琐应取俯视态度，不要让其玷污了自己的心境。

厌倦

无论什么事，只要厌倦了，就不再做；无论什么人，只要厌倦了，就不再交往。

善 意

在这个流行丛林原则的人世间，善意是稀罕之物，人们对别人多有恶意的揣测，羡慕嫉妒恨，少有恬淡的善意。各人只能好自为之了。

胃 口

由于历史的偶然，我在心智长成的年代失学，就像一只家养的小兽，在幼年时就被扔到了旷野当中。从此，我不知道笼子，在丛林中自由徜徉，养成了质朴的胃口，一针见血的眼光，总是能够凭直觉直扑最美味的猎物，大快朵颐。

幸 福

幸福来自安全，来自快乐，来自美，来自爱。安全的感觉是知道你永远不会失去；快乐来自你得到的永远都是美好的信息。

食 色

食色，性也。世间大多数人基本上只关注这两件事，一生中最主要的兴奋点只在这两件事。关注其他事的人不是没有，但都不是一般人，比如爱因斯坦还关注物理。

目 标

快乐是最值得重视的价值。肉体和精神的快乐是所有人的基本追求，也是政治、经济、文化发展最终的目标。

乏 味

肉身是乏味的，因为重复，因为身体的快感不过如此。灵魂更有趣些，因为飘忽不定，因为变幻莫测，因为自由自在。

计 较

不计较琐碎的利益和成败，比如金钱、名气、职位。把注意力集中在当下对生活的感觉和情绪之上。

成 功

所谓成功人士就是按照自己的内心冲动做自己喜欢的事情，而且把事情做成的人。

安 静

心里的安静须满足几个条件才能达到：参透（开悟），财务自由（出家人也属于财务自由的一种类型，即不用为生计操心），身体舒适，精神愉悦。

热烈

热烈与安静看似矛盾，但的确可以在一个灵魂中共存。这是一个相当费解的现象。

绝望

绝望的感觉是苦涩的，但有时又是甜蜜的，无论是对生命的绝望，还是对爱情的绝望。

愿意

愿意让自己常常处于激情状态。虽然不是太平静，但是更愉悦，更兴奋，更有趣。

温度

海滨小城最美好的一点是，一年中倒有半年温度在二十五摄氏度上下，门窗大开，身心舒适，既不需暖气，也不需空调，惬意得很。令人感觉心旷神怡，世界美好。

克制

要克制激烈的情绪，激烈来自无法满足的欲望，而修行的指标之一就是克制欲望，缓解情绪，得到宁静的心境。

幸福

幸福可以非常简单。一缕灿烂的云霞，一首动听的乐曲，一句心有灵犀的话语。

虚荣

要克服虚荣心，过质朴的日子。虚荣是在社会地位和名望方面的骄矜感觉，这东西没有什么用处，只是让人远离真实的生活而已。

苦涩

如果不品尝生活的苦涩，就不知道它真实的滋味，就没有真正活过。

虚与实

所有身外之事都是虚的，只有触动内心的才是实的。对虚的一切取不屑一顾的态度，将注意力集中在实的方面。

秋风送爽

在飒飒的秋风中，天朗气清，心旷神怡。那些没有心情享用秋风的人一定是做了什么亏心事，正在遭报应。

心潮

大海的变幻莫测最像人的心潮，时而惊涛拍岸，时而风平浪静，时而汹涌澎湃，时而静谧如镜。人更喜欢心绪沸腾，还是更喜欢心如止水呢？

自得其乐

选择自得其乐的生活方式，而不是选择他人艳羡的生活方式。

轻松

在真正参透之后，就不会有烦恼，心境就会单纯，不会浑浊；会轻松，不会滞重。所有的世间烦恼都不会真正影响到人的心情。

出世

出世还是最佳生存状态。入世深者，烦恼众多；欲望多者，苦多于乐。

躲避

应当主动躲避猥琐的生活，丑陋的景观，无趣的关系，只让自己的感官停滞在美好的生活、事物和关系上面。

温柔

愿心中永远温柔，以温柔之眼看人，以温柔之手轻抚，以温柔之心待人。

选 择

人可以选择把生活环境变成天堂，也可以选择把它变成地狱，尤其在人际关系中更是如此。

养生之道

永远要求自己把时间、精力、关注全都放在美好的事物上，避开猥琐、肮脏和丑陋的事物，这是最佳养生之道。

自 闭

每一个自我意识强烈的人，都在一定程度上自闭。他关注的是自身，感受也全部来自自身，对他人的感受其实无法真正感同身受。只有少数共情能力特强的人例外。

珍 视

珍视世间的美好事物，无论是美好的艺术品还是美好的人。它们和他们是罕见的，所以值得珍视。

保持

怎样保持清澈的心境？恐怕只能走纯天然非人工、纯灵魂非肉体、纯精神非物质之路，因为前者可以永葆美好，后者却在逐渐变丑。

飞扬

想象中的生命是神采飞扬的，痛快淋漓的。尽情挥洒心中的美与爱，同时也享用美与爱。

身外

生活要想有质量，一定要分清身外之物与身内之物的界限。前者不须过于关注，后者才应当是关注的重心，其中包括身体的舒适与精神的愉悦。

三省吾身

为了让心中保持纯净，应当经常清扫，这就是每日的修行。检讨日常的言行，每日三省吾身。

成功

成功如果是让多数人喜欢，我宁愿不成功，至少不应在意是否成功。因为多数人喜欢的往往是热闹，而不是罕见的深邃的思想和美。

安静

喜欢一个安静的人生，无论在肉体上还是精神上，都不激烈，都不激进，比较恬淡，安安静静。

热烈与热闹

人可以躲开物质世界的热闹而保持精神世界的热烈。爱是热烈的，但不一定有热闹的婚姻；美是热烈的，但不一定有热闹的成功。

丛林

人生可以是弱肉强食的丛林，也可以是静谧美丽的丛林，取决于人的选择。可以选择争强好胜的一生，也可以选择恬淡安静的一生。我倾向于后者。

越轨

人为什么会有越轨的冲动？因为规矩是平庸的、无趣的，而越轨却往往是奇异的、有趣的，令人意外惊喜。

最重要

生活中最重要的是每天的心情。心情平静，生命安宁；心情愉悦，生命美好。

心 无 挂 碍

愿意常常处于喜乐的状态，既非痛苦，也非狂喜，只是心无挂碍自由自在地生活。

酷 爱

酷爱恐怕是人能够做成某事的最主要原因。如果没有酷爱就没有专注，就没有执着，就没有纠结，也就没有成功。

诗 意

愿意大多数时间处于诗意的状态之中，虽然人不可能永远沉浸在这一状态，不得不回到烦琐的日常生活中。

试 错

人生就是一个不断试错的过程，做错事，识错人，入错行，走错路。阮籍大哭而返的事会经常发生。

静 谧

喜欢待在静谧的环境中，没有物质的烦恼，没有精神的烦恼，也没有人际关系的烦恼，只是一个人静静地活着。

欲望

人的欲望很可怜，只是一餐饭、一杯水、一点情感的需求而已。

简单

幸福可以很简单：一口清淡的食物；一个冷热适中的日子；一句恬淡温柔的问候。相比之下，过于激烈的情绪就像过于油腻厚味的食物，过于炎热寒冷的日子，带来的是焦躁和痛苦。

遗世独立

每一个独立支撑的自我都应当有遗世独立的气概。

出世

选择出世的生活是内心的倾向，是性格使然，也是对个人在人群中的定位的透彻理解。

本能

快乐是生命的主要价值，趋乐避苦是生命的本能取向。即使是有受虐倾向的人，受虐也只是手段，快乐才是目的。

生活

生活就是每时每刻的体验和感受：快乐，痛苦，舒适，烦恼。除此之外，一切身外之物均无意义。

停滞

当人不再追求爱，不再追求美，生命就停滞了。

两种感觉

肃穆感和幽默感看似对立，但我都喜欢。在严肃的事物上应有肃穆感，在滑稽的事物上应有幽默感。

享受

食与色是生命之享用的下限，马斯洛需求五层次的最低一层；美与爱是生命之享用的上限，正是马斯洛所谓"巅峰体验"。

生活节奏

在一人独处时，摆脱了一切的凡人琐事，觉得生活的节奏无比轻盈欢快。每天没有非做不可的事，非见不可的人。只做自己想做的事，只见自己想见的人，心中惬意，幸福无限。非常养生。

活 力

生命的活力大部分来自先天，少部分来自后天的努力。所以，如果丧失了做事的冲动，就不如静静地待着不动。

真 诚

有些人致力于搞钱，有些人致力于出名，有些人装神弄鬼，有些人故弄玄虚，我却只是真诚地生活，在生活中紧紧抓住爱与美不放手。

成 功

已经成功的人才能知道，成功并不如想象的那般重要。所有的成功只能是相对的，其绝对价值也没有多么大。

日 常 生 活

我看重日常生活中的诗意，如果日常生活中没有诗意，就像食物中没有盐。

化 境

只有在生活中没有在期盼什么，一切都是自然而然地到来和拥有，才到达了人生的化境。

主观意志

一个人如何度过自己的生命，小部分决定于客观环境，大部分决定于主观意志。人可以按照自己的意愿选择、塑造自己的生活，为它赋予任何色彩和情调。

一切

人生在世，将与自己有关的一切掌握在自己手中，这是最重要的，是得到美好生活的不二法门。

百毒不侵

要练就百毒不侵的金刚不坏之身，就要不断修行，将自己的心变得纯粹，具备抵御各种诱惑与干扰的本事。

寻找

快乐是要自己去寻找的，自己去选择的，自己去创造的。它不会自动降临。

沉浸

沉浸在自我当中，沉浸在美好的感官享受当中，沉浸在纯粹的无可分类的情感之中，存在的感觉纯粹、清爽、美好，没有瑕疵。

影响力

每个人的影响力都是有限的，不必在意，不必计较，只是照自己喜欢的样子去生活，做自己喜欢做的事。

选择

在快乐和痛苦之间选择快乐，在享受和工作之间选择享受，唯一的例外是那种可以享受其过程的工作，如创造性工作。

乐观

在参透之后，反而可以对生活有乐观的态度。既然万物皆空，完全可以兴高采烈地对待人生。

象牙塔

躲进象牙塔的生活方式在中国的语境中一直是贬义，而这正是我想要的生活方式。最可怜的人是活在没有象牙塔可躲的时代的人。

智慧

智慧永远只属于极少数人，大多数的人只是过一种简简单单的生活，像个小动物一样，并不思考。

不如意

随着年龄增长，才体会到"人生不如意事常八九"此言不虚。生活中的事物大多丑陋、荒诞、恐怖、猥琐，美好的人和美好的事如凤毛麟角。

舒适

此时此刻的舒适才是人最值得追求的目标，其中包括物质生活、人际关系和精神生活三个方面的舒适感觉。

无偿

人类活动中，多数涉及交换，人们以此谋生。然而，唯有交换之外的活动，纯粹出于内心冲动的无偿的自由的活动，才能使人欢愉。

生命力

在审视自己的欲望时，发现仍旧强烈，感觉欣慰。这是生命力仍旧旺盛的表现。

奔忙

人在世间的一切劳碌奔忙基本是徒劳。其中最有用的部分只是为可以无所事事的生活创造条件而已。

静气

每逢大事有静气。内心的平静既来自在宏观上对世界的参透，也来自微观安排好自己的世俗生活和人际关系。

本色

按照自己的本色生活是最省力的生活方式。改善自己的生活质量是一回事，修饰自己的原本样貌是另一回事。前者是正面的，后者是负面的；前者是诚实的，后者是矫饰的；前者是省力的，后者是费力的。

多彩人生

在这个世界上，有人活得上蹿下跳，有人活得一动不动；有人活得精彩绚烂，有人活得心如止水；有人令人眼花缭乱，有人令人视而不见。但在生命的终点，均无区别，众生平等。

远离

喜欢静静地生活，远离喧闹，远离浮躁，远离蝇营狗苟，远离冲突竞争，躲在世界的一角，静静地享用自己的生命。希望远离人群，远离世事，因为这样的生活才是活在生命的本真状态。

自由境界

想起自己目前已达到的自由境界，心中就感到欢欣。想去哪儿就去哪儿，不想就哪儿也不去；想做什么就做什么，不想就什么也不做；想爱谁就爱谁，不想就谁都不爱。

健美

健美的人永远令人赏心悦目，令人感叹冥冥中大自然塑造美的功力。他们是从茫茫草原中突然现身的奇诡的美丽花朵。

从容

对所有的大小事物都应从容面对，保持冷静。既不过于兴奋，也不过于沮丧。兴奋容易对事物的评价偏高，沮丧容易夸大遭遇的困难，二者全都偏离了事物的实际状况。

生命之脆弱

生命就像一具没有铠甲的肉体，在坚硬的环境中脆弱无比，各种伤害和飞来横祸能够轻而易举地伤害甚至摧毁这具肉体。人只好小心翼翼地呵护自己的肉身，如临深渊，如履薄冰。

重 心

我的生活重心仍是自我的感受和体验，我对俗世的一切是淡漠的。还是听从自己的内心，回到最惬意的生活中去吧。

忌 强 求

世间做一切事，最省力的方法就是顺其自然。写作最忌写不出硬写，关系也最忌强求。最自然也最有效的方式就是真情流露。

岁 月 静 好

参加争取社会进步的斗争是令人兴奋的，但是对平静孤独的生活更加心向往之。最喜欢的生活方式和状态还是岁月静好。

财 富

当财富超过了生命的需求时就丧失了意义，只是一个数字而已。

沉 郁

生活中常常会陷入沉郁状态，心中滞重，郁郁寡欢。这种时刻适合冥想。

沉　静

过沉静的人生，在沉静中体会生活之美，生命之美。

痛　感

痛感世界上美好的事物不多，美好的心灵不多，多数的事物和人都很平庸。

挑　剔

对于生活一定要取挑剔的态度，不够档次的事情不做，不够优秀的人不交，不够美好的东西不要。如此才能保证生存质量。

沸　腾

每天尽力让沸腾的情绪安静下来，以便度过平和惬意的一天。

佛　系

从日本传来佛系青年概念，指一群持有不参与竞争、逃避退让、得过且过的人生态度的人，比较淡泊出世。我想这没有什么不好，没有人规定人必须参加竞争。这也许是一种更清澈更清醒的存在主义的选择呢。

消沉

在人陷入消沉时，才会特别怀念自己情绪亢奋的状态，即使当时痛苦超过了快乐，也比消沉好很多。

智慧

有智慧的人可以避开世间的丑陋和琐碎，只活在美好与纯净之间。虽然有时显得有点冷血，但是谁说智慧一定是温热的呢？

超凡脱俗

此生偏爱超凡脱俗之物，对于世俗的成功倒没有那么看重。所谓超凡脱俗既包括器物，也包括亲密关系、生活方式。

动与静

生命的本真状态是静中有动。一粒种子是静的，它生长时拱开巨石的力量是动的；人的灵魂是静的，当爱迸发的时刻灵魂是动的。

幸福的下限

幸福的下限是自由，一个不自由的人不可能幸福。自由自在随心所欲的人才可能幸福。

灵 魂

灵魂细腻的人活得很麻烦，因为一般的东西不能为他带来快乐，而杰出的东西又是那么稀少，所以他大多数时间只能闷闷不乐。他总在期待美丽的事物，而它们却很少出现。

超 脱

即使在红尘中忙忙碌碌，也不忘常常冥想，超脱于物外。即使身不能超脱，心也要超脱。

诚 实

应当诚实面对自己的生命，自己的人生。去追求自己喜欢的人，做自己喜欢的事，承认自己的弱点，承受自己的错误导致的后果。

成功的定义

成功的人是那些成功地摆脱了所有物质和精神束缚的人，是过上了自由自在随心所欲的日子的人。

幸福的定义

幸福的定义是能够随心所欲做自己喜欢的事，与自己喜欢的人交往，过自己喜欢的日子。

欢乐的海洋

应当让自己的生活成为欢乐的海洋，充满新奇、快乐和平静。

美好的

幸福从来只和美好的事物联系在一起，美好的情感，美好的人，美好的关系，美好的生命。

不愿

不愿意与人比世俗的成功，例如权力大小、金钱多少、名望大小等等，觉得十分麻烦、讨嫌，要比就比谁更快乐，谁更幸福。

静谧

能生活在静谧之中是一种奢侈的生活方式。物质上的静谧已经十分难觅，精神上的静谧更难达到，需要哲学的帮助。

独处的诗意

我相信诗意的人生中有相当大的比例是独处的。不去打扰别人，也不让别人打扰自己，才可能拥有诗意的人生。

本真

人只要能够独处，就不必混迹于人群当中。独处才是存在更本真的状态。

万事万物

在万事万物当中，我独选爱与美。除了爱与美，没有什么价值是真正值得追求的。当美的旋律回旋在耳边时，一切猥琐与平庸都不复存在。

两个条件

人若想过远离人群的生活需要两个条件，一是有此愿望，二是有坚忍的定力。而只有远离人群，人才能得到彻底的自由。

比较

天赋与努力的区别在于，前者往往带来快乐，后者往往带来痛苦。

前提

爱与美尽管也是很重要的价值，但相比之下自由还是更重要的价值。物质自由、精神自由和人际关系的自由是获得一切价值的前提，也是得到爱与美的前提。

倾 向

我的内心强烈地倾向于孤独，常常觉得世间的一切都无可避免地趋向于烦琐和平庸。只有独自一人才能赏玩生命之美。

源 泉

人内心的冲动是最可宝贵的，去做某件事的冲动，去爱某个人的冲动，去享用某物的冲动。冲动是人快乐的源泉——当然，冲动如果受阻，就变成了痛苦的源泉。

随遇而安

随遇而安的态度是最省力的。一切逆流而上的努力都是令人烦恼的，也并不一定能够有所成就。

观 看

往远处看，满眼诗情画意；往近处看，满眼丑陋肮脏。我当然往远处看。

内 心

无论外面有多么热闹，真正有质量的生活只能存于内心。内心的痛苦与欢乐才是真正的人生经历。

犹豫

常常在内心的热烈与平静之间犹豫不决。时而倾向于前者，时而倾向于后者。前者给生命以狂喜；后者给生命以本真。

扫除

应当经常打扫自己的内心世界，扫除那些琐碎的、肮脏的、丑陋的念头，装进宏大的、干净的、美好的感觉。

享受

美食是享受，读一本小说是享受，写一篇小说也是享受。人生的多数时间用于享受，少数时间用于劳作。

褪去

当光彩褪去，世事远离，人回归内心生活，也许这才是生命的真正归宿。

惬意

人独自在一个地方生活，与自我相处，独自享用生活，只是偶尔接触一下他人，这才是最惬意最本真的生活方式。

光 明

将目光投向亮处，心中就会光明；将目光投向暗处，心中就会阴暗。我宁愿在短暂的生命中总是将目光投向亮处，让心中敞亮光明。

爱 与 美

让躁动的心归于静谧，让激昂的情绪归于平静，让一切回归安静的自我，只在内心保留纯净的激情，用于爱与美。

清 纯

清纯并不一定与年龄相关，还是与灵魂的状态关系更大些。

万 千

世间有万千事物，我只取其一二；世间有万千人，我只交其一二。

坐 以 待 毙

坐以待毙一般是说在有反抗余地的时候不反抗，但是如果坐以待毙是出于主动的选择，则完全可以成为一种态度，例如作为一种生活态度和生活方式。

呆萌

人为何会返老还童，在老年有重返儿童期的倾向？原因之一是在复杂的成年生活中有太多烦恼，心中渴望回归到心意单纯混沌的状态，像小动物一样呆萌地活着。

悬念

吸引人的唯有悬念。因为太阳底下无新事，一切都按照该发生的发生，大同小异而已。所以尚能吸引人的只有不确定的事情。

幸福的表征

幸福的表征：活着，没有病痛，每天可以做事也可以不做事，每天都沐浴在爱的情绪之中。

生活方式

每天挑选最喜欢的事去做，尽量减少花在不喜欢的事情上的时间份额。

干净

愿内心永远干干净净，清澈如水，不欺骗别人，也不欺骗自己。永远睁着真实的眼睛，看见真实的自己。

人生三境界

人生的境界有三个，初等境界像动物；中等境界像植物；高等境界像无机物。人修行的最高境界是不为情所动，使自己从有机物修炼到无机物的境界。

梦幻

在一个梦幻般的城市，过一种梦幻般的生活，这才是幸福的，美好的。并非全无可能。

躲藏

常常向往躲藏在一个不为人知的地方，安安静静度过时光。可能是曝光过多所致，也可能是世事纷乱所致。总之，相比之下还是安静度日更惬意。

癫狂

人有时会有癫狂的冲动，因为世界的荒谬，因为人生的荒谬。幸亏理性，幸亏惰性，人才没有真的溢出生活的常轨。

中心

每个人的自我都是他生活的中心，那些不以自我为中心的人往往是因为其自我尚未形成。

主观

生活美好与否在很大程度上是一个主观的感受，你愿意感受美好，周边的人事就变得美好；你愿意感受丑陋，周边的人事就变得丑陋。

精神生活

与物质生活相比，还是精神生活更重要，因为物质生活不过是吃喝拉睡而已，精神生活却新颖快乐许多。前者无限重复；后者必须更新，否则无法忍受。

温饱

大多数人都生活得很可怜，仅仅温饱而已，仅仅能够维持肉体生命而已。只有少数人能够得到美好的精神生活。

精致

让生活变得精致，无论是物质生活、精神生活还是人际关系。只取精品，摈弃粗糙。

躲起来

常有躲避世事、躲避世人的冲动。就想一个人静静地活在地球一隅：躲进小楼成一统，管他冬夏与春秋。

烦 恼

烦恼多是自找的：强求不属于自己的东西。所有能够得到、能够持久的东西，都是自然而然得到的，强求只能求来烦恼。

高 雅

高雅之士寻求高雅的生活，可当周围全是粗鄙——残忍、粗俗、丑陋——时，高雅之士无处遁形，无可奈何。唯一的选择是躲入象牙塔。

轨 迹

每个人的生命都有它自己的轨迹，其中有偶然，有必然；有意志，有命运；有主观努力，有天性使然。没有什么可抱怨的。

消 耗

每个人一生能够消耗的资源极其有限，千方百计想多消耗一些资源的想法显得相当奇怪。就是凡勃仑所谓"炫耀性消费"吧。除了收获一些虚荣心的满足之外毫无意义。一些真正的巨富（比尔·盖茨、巴菲特）反倒并不炫耀，因为他们已经得到了"实荣"，不再需要虚荣。

期 待

在生活中有所期待的状态比一无期待的状态要好得多，因为一旦期待得到满足，就为生活平添了滋味。有个不雅的比喻，就像痒痒比不痒要好，搔抓解痒之后的快感是根本不痒的人无法体味的。

回 归

在繁华热闹之后，回归生命的本真状态。所谓本真就是身体的基本需求的满足，食欲与性欲的满足。如果可能，加上精神之愉悦。

终 生

愿意终生只活在自己的内心世界当中，对于周边的物质和人际关系环境只是作为背景，只取其能够滋润自己内心的成分，将负面和烦恼的成分拒之门外。

内心感受

幸福从来都是而且仅仅是一种内心感受，所有外在的标识没有一件能够证明一个人是幸福的还是不幸的。金钱不能证明；权力不能证明；名望不能证明；就连荣誉也不能证明。

惬意

最惬意的生活方式就是一个人躲在世界上一个安静的角落，随心所欲地写点东西，读点好书，看点好电影，听点好音乐。

从容

从容表现为缓慢、优雅、和颜悦色，而非匆忙、粗糙、疾言厉色。

沉静

沉静的生活态度是我最喜欢的，是我的选择。沉静，舒缓，从容不迫；而不是浮躁，激烈，急功近利。

归巢

在外漂泊一段时间之后，归巢的感觉真好。回归了日常生活的节奏，没有中断，没有打扰，没有喧闹，回归静谧的绵绵不绝的生活。

冥想

据说冥想可以延长寿命，是脑神经科学最新的研究成果。精神因素或心理因素与健康的关系竟然已经真实地建立起来了。

自嘲与自卑

自信的人才有自嘲的能力。惧怕嘲笑、不能容许嘲笑是不自信的表现，甚至是自卑的表现。

紧迫与从容

对于日常生活，应当既有紧迫感，又有从容感。紧迫感提高效率，使生活丰沛多产；从容感令人平静超脱，使生活舒适愉悦，有哲学意味。

单纯

真正的美与崇高在单纯中，如果不够单纯，或不够纯粹，有杂质，就不会到达美与崇高的境界。

烦恼

人生有无穷烦恼。把烦恼所占用的比例尽量压缩，让平静和喜乐占据最大的比例，这是人能够通过主观努力做到的。

成就

人不该为成就纠结，因为其中天赋的因素人是无力改变的。后天尽到努力就可以了，纠结焦虑于事无补。

虚与实

一切世俗成功都是虚的，只有每天的生活是实的。如果你过了快乐的一天，你就存在了一天；如果你过了糟糕的一天，你就浪费了一天的生命。

理想与现实

理想是完美的，现实是残缺的，期待着完美的理想，经历着残缺的现实。

你的

世上好东西很多，但不能全都据为己有。是你的就是你的，不求也会来到；不是你的就不是你的，无论怎样努力也不会得到。所以应当安于现状。

策略

令眼耳鼻舌身意这些感觉器官只采撷美好的一切，忽视丑陋的一切，既是一种生存策略，也是最养生的。

文凭

文凭对热衷做事的人来说只是一张入门券，对只想生计的人来说却是护身符。

徜 祥

与其拔着自己的头发让自己离开地面，不如在踏实的地面上徜徉，信马由缰。

喜 悦

最低层次的喜悦是肉身的，物质的；较高层次的喜悦是灵魂的，精神的。如果能创造，喜悦程度超过消费；如果能战斗，喜悦程度超过享受。

评 价

他人的评价会打扰自己内心的平静，应当不去关注，专注于自己内心的感受，独自享受美好的事物。

陶 醉

愿意陶醉在美与爱之中，天天审美，日日热爱，享用生活的每时每刻。

清 空

每隔一段时间，应当将心清空一次，就像房间的大扫除。清空所有的烦恼，所有的不快，所有的缺憾，让自己有一个重新开始的感觉。

身体

当身体伤病稍有不适，幸福感立即消失，注意力会集中到伤病上去。由此可见生命的脆弱，快乐的有限和稍纵即逝。

停滞

人在快乐的时候会希望时间停滞，就停在此时此刻，就停在这样的状态，不再改变。

感激之心

对生活常存感激之心，对命运的安排常存感激之心，对激发自己情感之人常存感激之心。

重要

最终来看，成功与否不重要，快乐与否更重要。成功是相对的，快乐是绝对的；成功是外在的，快乐是内在的；成功是复数的，快乐是单数的。

成功的另类标准

快乐是人生最值得追求的价值。无论有钱无钱，有权无权，有名无名，快乐的人生就是成功的，不快乐的人生就是不成功的。

理 想

理想中的完人在现实中并不存在，每个真实的人都有各种各样的不完美。对完美理想的追求在现实中只能制造悲剧。

两境界

人生修炼有两个境界，较低的境界是平静，较高的境界是喜乐。修炼到平静已属不易，修炼到喜乐就更加困难。

温 柔

对周边的所有人所有事持温柔之心，从善意理解。不是不追求真相，而是保护自己的心境。

苟 活

在大的灾难过后，幸存者有苟活的感觉。为自己苟活于世有些微侥幸、些微愧疚、些微无奈。

世 事

尽管人生孤独寂寞，还是无时无刻不想摆脱世事，遗世独立。如果有遗世独立的能力和机会，定当选择这种生活方式。

善待自己

尽量躲开所有的琐碎和平庸，让生活中只剩下美好和高雅的事物，这是一个人善待自己生命的表现。

美与丑

在美好与丑陋当中坚定不移地选择美好。如果不主动选择和争取，生活就会被丑陋充斥。

世间

在残忍、平庸、无趣的世间，唯有美与爱带着超凡脱俗的意味，值得追求，值得享用。

成功

所谓成功的人生是实现自我的人生，而不是世俗眼光中的成功。有些世俗眼光中的成功者并不喜欢自己所做之事，他的人生就并不成功；有些从世俗眼光看似并不成功者非常喜欢自己在做之事，他的人生在个人意义上就要算是成功的。

趋乐

生命是用来享用的，不是用来消耗的。在生命中永远把追求快乐放在第一位，趋乐避苦。

比 例

世界上美好事物和丑陋事物的比例是一比九，所有牵涉名利的事，日常生活的事，大都丑陋；只有爱与美才是那罕见的美好事物。

云 深 不 知 处

当人尽过了自己的社会责任，就可以心安理得地出世了，去到云深不知处，去过自己洁净的孤独的自得其乐的生活。

疯 狂

生活的平静有时令人有发狂的冲动，希望在一瞬间陷入疯狂，当然，最好是狂欢。

清 心 寡 欲

清心寡欲使得生命安静，激情澎湃使得生命精彩。我总是在二者之间犹豫不决。

值 得

世间没有多少真正值得追求的目标，成功都是有限的，快乐也是有限的，唯有爱情还带着一点神秘的色彩，在远处若隐若现，像是一个目标。

一切

既然一切都会过去，既然万事皆空，人为什么还要努力做事？也许只是为了快乐。

节奏

掌握好生活的节奏，交友的节奏，生命的节奏，这是一门高超的艺术，也关系到生活的质量。

掌握

生活的节奏是可以掌握的：既不要过于怠惰，也不应过于急迫。怠惰会熄灭生命之火；急迫会使生命之火燃烧太快，导致骤停。

精选

一定要过精选的人生。世间有太多的诱惑，有太多的鸡肋，弃之可惜食之无味。因此，快乐的高质量的人生一定是精挑细选的人生。

世俗成功

世俗的成功，包括金钱、权力和名望三方面的成功，的确能够给人带来一丝快乐，但是真正的快乐不在这些东西上面，而在对美与爱的追求和享用当中。

归巢

每次从一线城市回到四线城市的家都会有归巢的感觉，仿佛一只飞累了的鸟儿终于回到了安静舒适的巢穴，身体和精神的双重归巢。

虚名浮利

不去计较虚名浮利，仅仅抓住真实的快乐。物质生活满足于安逸舒适，精神生活满足于平静快乐。其他的一切都不必上心。

可恨

俗语说：可怜之人必有可恨之处。这是说一个人陷自身于可怜境地不能全是外因，必有内因。不一定是坏，也可能是傻，至少是选择错误。

相伴

生活中常常有心爱之人、心爱之物、心爱之事相伴，日子才值得一过。

舞步

感觉生命以舞步的节奏流逝，心情平静、惬意、充实，就这样颐养天年吧。

如果

如果只看生活中美好的快乐的一面，就能常常感觉到愉悦；如果爱看生活中丑陋猥琐的一面，就会常常陷在苦恼之中。

力所能及

只做自己力所能及、胜任愉快的事情，不勉强自己去做不喜欢、做不好的事情，这是善待自己、改善生存质量的法宝。

世 事

人生在世，各种事情、各种观点纷至沓来，要有自己透彻的观点和做事规则，不受杂务和杂念打扰。

水 晶

愿生命像水晶般晶莹剔透，一尘不染。其中全是纯粹的欢乐和纯粹的痛苦；生的欢乐与死的痛苦。

与自己和解

人永远不要和他人比较，他人有的比自己更聪明，更漂亮，更幸运，比较只会徒增烦恼，不如与自己和解。

有生之年

当人年老，一切趋向衰弱。愿在有生之年保持欲望，好好享受生活，享受活着的感觉。

热爱

当人陷入对某人某事热爱的状态，心中非常踏实，生命不再显得空虚，而有异常沉稳的感觉。

刻意

刻意选择优雅的生活，刻意选择美好的人际关系，摆脱琐碎、肮脏和俗气。

观念

越来越坚定这样的看法：人生的快乐与否仅仅取决于自己的观念和选择，即你想要并选择快乐，它就是快乐的；你想要并选择不幸，它就是不幸的。

人声鼎沸

所谓社会，就是一个人声鼎沸的所在，每天无数人生老病死，每七分钟就有一例癌症被确诊，每天都有各类犯罪案件发生。人能够躲在一个安全的角落过安静的日子，就是极大的幸运。

欢 欣

回想自己的生活，心中充满欢欣。这种感觉只与自己有关，与他人无关。

默 想

幸福是当你闭眼默想自己的存在状态时能够感到平静、完满、欢乐，没有焦虑和内心冲突。

清 静 无 为

还是更喜欢清静无为的生活方式，除了推辞不了的活动，尽量在肉身和精神上回归存在的本真状态。

顺 遂

当一切顺遂、没有痛苦之时，生活归于平淡，快乐往往是平淡的；当心中有痛苦之时，生活的味道变重变浓，痛苦是刺激的。

营 造

人生存的宏观环境全凭运气，如生在哪个国家，何种家庭，哪个时代，战乱还是和平等；但生存的微观环境却可以自己创造，其中包括物质生活、人际关系和精神生活；情绪心境就更靠自己营造了。

喜 爱

爱自己现在的生活节奏——舒缓、平和、热烈，仍旧充满追求爱与美的激情。

唯 一

永远怀着对生活的热爱。一个人绝对有理由这样做，因为生活是人唯一拥有的东西。

滋 味

世间事大多平淡，没有什么滋味。难得有一两个人一两件事有点滋味，值得细细品尝。

宁 静

无论世事多么热闹，还是要保持内心的宁静。这才是我真正喜欢的生存状态。不喜欢那种拼命折腾的生活方式，喜欢以不变应万变的生活姿态。

寂 静

寂静是修行的最终目标和最高境界。所谓寂静包括周边物质环境的寂静，周边人际关系的寂静，归根结底是内心的寂静。

激动人心

世间真正激动人心的事情不多，主要集中在亲密关系当中，也散见于历史事件和文学艺术当中。

热情

生活中的热情来自热爱。如果没有热爱，就不会有热情，只有冷淡、冷漠。

热烈

喜欢热烈的生命。在这平庸琐碎的人世中，热烈的灵魂是罕见之物。

灰飞烟灭

美好的一切最终都会灰飞烟灭，重要的是当下的感受。只要当下感受是好的，就值得，就珍惜，仅仅因为美好的一切最终都会逝去，无法挽留。

炎热

在炎热的天气中，可以安坐在凉爽的房间里看看书，看看电影，吟诗作画，写写自己对生命的感悟，这真是莫大的幸福。相信已进入地球上最舒适百分之十的人的生存境界。

人世间

人世间的快乐数量有限，极为罕见，像奇珍异宝，人轻易难得一见，难得一品其味。

摆脱

成功的人生必定是摆脱了各种世俗的纠缠、超凡脱俗、随心所欲的。

愿意

愿意生活中永远充满快乐。其实这完全可以是个人的选择，是可以自己创造出来的生活状态。即使病入膏肓也是可以有快乐的。

呵护自我

按照自己喜欢的生活方式生活，这是呵护自我最起码要做到的。

自我实现

当你不愿生活中再有任何改变的时候，就是自我实现的时候。由于自我的所有欲望都得到了满足，就不想再改变了。每当想到余生的生活是那么的舒适美好，心中就一片恬静。

清爽

喜欢清爽的状态，无论是天气、心情还是人际关系，全都清清爽爽，没有乌乌突突，没有黏黏糊糊，没有拖泥带水。

尽情

无论做什么，都喜欢尽情，不喜欢压抑：尽情地玩耍，尽情地写作，尽情地爱。

平庸

平庸是世界的常态，精彩是异态；无聊是生活的常态，有趣是异态；坠落是生命的常态，飞翔是异态。

矛盾

人一方面希望独处，切断与外界的联系，手机几小时都不响；另一方面又害怕孤独，怕被外界完全遗忘，怕完全销声匿迹。

开关

幸福往往只在一念之间，像一个想象中的开关，扳向这边就可以快乐，扳向那边就可能痛苦。

选择

所谓自由就是选择：可以选择自己在哪里生活，可以选择自己的生活方式，可以选择自己的人际关系，可以选择自己的人生观和价值观。

细节

每个生活细节都需要无数宏观社会安排才能够实现。例如，在炎热的夏天你想享受凉爽的温度，那就需要有空调；还需要有稳定的电源（据说印度只有 6% 的人能使用空调，因无稳定电源）；此外你要有留在室内的合法理由（退休或不必在室外工作）。当然，你还要买得起空调，交得起电费。这些条件缺一不可。

汹涌

世事汹涌澎湃，纷至沓来。如果人没有定力，必定会被裹挟而去，在波涛中沉浮，甚至没顶。所以一定要临危不乱，气定神闲。需要个人意志的强大和坚韧。

宏观

参透

A Collection Of Quotations

开 悟

所谓开悟，无论是顿悟还是渐悟，不过指的是彻底参透：参透世事，参透人生，参透生命的空无，参透宇宙的空无。参透之后，心就不会为任何事所动，就可以到达宠辱不惊的境界。这就是开悟。

空 洞

每当想起宇宙和时间，就觉得万念俱灰。存在没有意义，生命纯属偶然。人只是存在一瞬，然后一切归于空洞。

对 抗

每当想起生命的短暂和空无，都会令人感到疯狂。好好活着就是对这种疯狂的压制和对抗。

小行星

总也忘不掉小行星撞地球的那个电影。在等待相撞的那段时间，每个人不得不面对生命意义的真相，人在宇宙中的地位被彻底揭示出来。人生的短暂、偶然与无意义全部暴露无遗，一切美好的事物最终都会灰飞烟灭。当小行星在视野中变得越来越大终于撞上地球的一刻，一切画上了句号。那种绝望，那种无奈，就像生命本身。

时 空

每当想到时间和空间，就会感到生命轻如鸿毛。好处是可以扫除所有的烦恼，坏处是令生命失去方向感。

俯 瞰

任何时候都不忘对宇宙人生的抽象思维，即抽身俯瞰。这样才能有对存在的自觉和清醒认识。在不忍细看时，唯有俯瞰。俯瞰才能解脱。

2029

在 2029 年，一颗小行星将与地球擦肩而过。万一……万一相撞将会造成毁灭。我们的存在是多么脆弱，是多么偶然。这难道不是很有哲学意味吗？人的意义何在呢？

荒 诞

对于世间的一切，常常会产生荒诞感。从宏观视角看，原本不必如此较真。一切过于较真的做法都有些可笑。

有 限

每当想到生命的有限，心中一片悲凉，无奈。人生的基调不得不以苦为主，那一点点快乐不过是苦中作乐而已。

直 面

每天清晨，直面宇宙的空无，人生的空无。坚定地、勇敢地、认真地看它一眼，想一下，然后去过快乐、兴奋、充实的一天。

有 生 之 年

人的有生之年实在短暂，转瞬即逝。坏消息是：快乐是短暂的；好消息是：痛苦也是短暂的。

幸 与 不 幸

对一生有一眼看到底的感觉，幸耶？不幸耶？超脱感是幸，空无感是不幸。

沧桑

人生沧桑，归于平静。人在年轻时，像山间激流，在险峻的山岩中奔突翻滚；到了中年，像来到宽阔的河面，平静舒缓，但暗流汹涌；到了老年，就像汇入无边的大海，从容不迫，无边无际。

直视

还是不敢想象小行星撞地球的情景，哲学意味太过咄咄逼人。其实人存活这几十年，正好赶上这种事的概率几乎为零，但那种情景还是令人不敢直视。死亡对个体来说与小行星撞地球毫无二致。

热寂

导致地球毁灭的意外有很多种，即使没有发生意外，在五十亿年之后地球也会热寂。因此一切人与事只有暂时的意义，对这一点必须有清醒的认识，人的一切行为都只能建立在这一认知之上。

万籁俱寂

人生在世，大多数时间都是纷乱的，人不得不应付生活中的琐事。唯有安静独处之时，存在才从纷乱之中浮现出来。在万籁俱寂的夜晚，存在从喧闹中浮现出来。

生命

生命是一个很荒诞的东西，它突兀地出现在世界上，稍纵即逝。它的喜怒哀乐全都无济于事，说到底，也没有什么意义，只是一场微不足道的感官享受而已。

孤寂

在孤寂之中，慢慢喜欢上了恬静的生活。明明知道一切只是短暂的一瞬，一切将会烟消云散，恬静地待在世界的一个角落有什么不好呢？

缓缓

感觉人生就像在旷野上的一个茫然的行走，不必奔跑，也不必有过多的焦虑，只是缓缓地走去，漫无目的。

可怜

每当使用宏观视角，都觉得自己可怜，人类可怜。只是在一个小小星球上存在短暂的一瞬，何乐之有？

同时

人可以同时拥有一个得道高僧的感觉和一个肉胎凡人的感觉吗？为什么不可能呢？

出世

佛教的出世和俯瞰视角可以令人摆脱一切世俗烦恼，到达刀枪不入的境界。没有任何诱惑可以扰乱人心，没有任何诟病可以败坏心情。

归宿

出世的生活是我最终的归宿，无论从微观日常生活的角度，还是从宏观俯瞰生命的角度，尤其在创造力枯竭、写作冲动丧失之后。

涅槃

希望目前的状态成为永恒，生命就此停在巅峰状态。人到了这个境界，真与进入天堂无异。所谓涅槃就是进入这种永恒之境吧。

期待

当一个人在生活中不再期待什么，他就进入了自由的境界。只要还有尚未到达的目标，只要还有期待，他就不是一个自由人。

无可留恋

常常可以一眼看到生命的尽头，那里一片空无。只要看到了，就没有什么值得留恋了。清晰地看到生命的尽头之后，紧张感和焦虑感渐渐变成了放松和释怀——似乎也不是那么可怕，那么无法接受。

空无

在世间一切琐碎的烦恼面前，空无两字是治愈所有创伤的良药。只要想想人生空无的大道理，什么障碍都不是障碍，什么纠结都可以纾解，什么看似过不去的问题都可以迎刃而解。

熵增

熵增趋势是无人可挡的，一切都不可避免地腐烂，衰退，变丑，凋零，人所能做的只是使得这一趋势的节奏变得缓慢一点。

独居

无论是从哲学意义还是从现实意义上看，独居都是存在最本真的状态，最恰当的状态，也是最舒适的状态。即使肉身不是独居，精神应当是独居的。

一切

人世的一切尽收眼底，人有了这种感觉才算真正参透。

区别

无论人走到哪里，只不过是在地球一个特定的点上，区别是有的，但并无太大意义。

陌生人

无意义的旅行特别凸显生命之无意义，因为路上全都是陌生人，来去匆匆，就像生命中也尽皆陌生人，从无交集，互相全都不知道对方的存在。

过去

一切的美好都会过去，一切的情感都会失去，就在生命终结的时候。

星空

总是不能遏制仰望星空的冲动，因为关于生命意义的答案写在那里。有时人会害怕仰望星空，因为害怕那答案是无意义。

列车

人生就像一列永不停站的列车。在童年是慢车，在中年匀速行驶，在老年改为快车。

察觉

岁数越大越能感觉生命的短暂，越是独处越能感受时间的流逝，这是年轻时和热闹时难以察觉的。

选择

人生只是一瞬，无论是快乐度过还是痛苦度过，结尾都是一样的，所以我选择快乐。

三万天

所有的人都是可怜的，没有一个人可以例外。每个人都只能是一个短暂的存在，三万多天而已，有的还没有这么长。

生命

人的生命与动物植物并无本质区别，从出生到死亡，只有微不足道的区别。即使在生命意义上加以比较，从宏观视角看也区别不大。

疼痛

疼痛使人感觉到存在，我疼故我在。在全身一无病痛的时候，人们往往不能觉察到自身的存在。

流星

生命像流星，转瞬即逝；生命像烟花，绚烂一刻，随即湮灭。

生灵

每一个生灵都只是在浩瀚宇宙的一个小小角落，发出一点微弱的声音，做一点微不足道的事情，活动一段时间，然后就消失了。一切伟大的幻象都是虚构出来自我安慰的。

一瞬

如果敢于真正在自己内心深处把生命看作一瞬，那就可以参透，可以永远超脱于一切烦恼之外。

空虚

在参透之后，人必须振作起来才能抵抗发自内心深处的慵懒和空虚之感。

静静

静静地生，静静地活，静静地死，这才是生命本真状态。一切的喧闹都是对生命本真状态的逃逸，是空虚的，是一时的。

澄明

澄明的境界首先是对生命的洞悉，其次是对周边人事的洞悉，最终是对宇宙万物的洞悉。

最爱

生命过于短暂，一定要选自己最爱的事情去做。最悲惨的是，不知道自己最爱的是什么。

一瞬

任何人在某种程度上都是苟活而已，像一个小小的脆弱的生物在偌大的星球上存留短短的一瞬而已，然后就以各种各样的方式死去。

渺小

每当想到生命之渺小和无足轻重，感觉既无奈又解脱，既痛苦又快乐，既沉重又轻松，既焦虑又无忧无虑。

哲学

人应当活得哲学一些，常常叩问内心：我是谁？我在做什么？我从哪里来？我到哪里去？我是否存在过？

人生过程

人生就是一个从动物走向植物最终走向无机物的过程：年轻时像动物；年老时像植物；死后像无机物。当生命越过喧嚣的阶段，人渐渐沉静下来，从动物状态进入植物状态（比如不爱旅游了），最终进入无机物状态，即所谓涅槃状态。

逝去

所有的生命最终都会逝去，所有的生命都在渐渐地逝去。没有什么可留恋的，留恋也不能改变什么。

虚饰

生活中真实存在的只是此时此刻的感受，其余的一切只是虚饰而已。

痛心疾首

每想到大好的时光白白流逝，就感到痛心疾首。尽管生命说到底没有意义，但还是不甘心如此。

治愈

在有了岁数之后才真正确认，时间确实是治愈一切创伤的灵丹妙药，世上没有它无法治愈的创伤。

尽头

人生中最可怕的事情是感到所有的话都已说尽，所有的文字都已写尽，所有的事都已做尽，所有的冲动都已耗尽，前面没有其他，只有死亡和彻底消失。

誓言

我发誓，在有生之年要生活得充实、快乐和自由。因为我即将消失得无影无踪，就像我从未存在过一样。

空

关于人生的哲理只有很少一点点，其实佛教概括得最好，就是一个"空"字。四大皆空，万事皆空。读懂了这个字，关于人生就没有什么可说的了。

亿万斯年

"生年不满百，常怀千岁忧"还远远不够，要想想亿万斯年之后才够味儿。如果能做到，一切烦恼都可烟消云散。

沉寂

心常常沉寂到一望无际的荒野，那是真正的无人区，就像死后的情景。

死 亡

每当想到死亡这一事实，当前的一切灾难挫折就全都不是不可忍受的了。一切都无足轻重，一切都可以原谅，一切都可以过去。

珍 惜

除了三万天的生命，人其实什么也没有，所以珍惜每一个活着的日子就成为最实在的生活标准和意义。

空 无

每当用宏观视角看世界、看生命，心中才有真正的平静，真正的快乐，真正的痛苦，真正的空无。

眼 睁 睁

在死亡面前，人完全无能为力，只能眼睁睁地看着该发生的发生。这就是佛教所说的生老病死，人只能被动地接受命运的安排。

转 瞬

人生真的是字面意义上的转瞬即逝，几十年就那么瞬间逝去，剩下的几十年也会很快过去。每想至此，心如止水。

每天

人每天从睁开眼睛开始就面临一个严重的问题：我该怎样度过生命？因为生命就是一天接着一天，直到最后一天。

波澜不惊

生命就是一天接着一天，一小时接着一小时，一分钟接着一分钟，一本书接着一本书，一件事接着一件事。波澜不惊。

存活

每每想到在人世间存活的日子，无论是十年、二十年还是三十年，都会很快过去，心中一片悲凉。觉得无论做点什么还是什么都不做，基本没有区别。

悲凉

高堂明镜悲白发，朝如青丝暮成雪。人生短暂，鬓角白发提醒老之将至，心中难免悲凉之感油然而生。

超越

人最终还是需要超越，超越世俗的欲望，超越世俗的关系，超越世俗的一切，飞升到无人的境界，独自一人度日。

陌生

在一个陌生的地方，匆匆过客的感觉十分尖锐。因为谁也不认识，谁也无关系，互相并不知道对方的存在，这种环境更容易令人有抽象感觉，有哲学意味，仿佛存在的本来面目赫然显现。

毒药

有时会在一瞬间有万念俱灰的感觉，所有的事、所有的人都变得没有了分量，从具象变抽象，意义和价值瞬间消失。这种感觉就像毒药，毒化了心情，毒化了记忆，毒化了一切。

宏观

只要用宏观视角看世界、看人生，就没有任何事情会打扰到自我。物质生活的烦恼不会，人际关系的烦恼不会，精神生活的烦恼也不会。平静和喜乐就来到了心中。

死亡

有熟人、亲人谢世或不久于人世的消息传来时，人不得不想到自己正在逼近的死亡，或者几年，或者十几年，或者几十年，但是绝对正在逼近。死的逼近让人不得不想到存在的偶然和无意义，根本无法回避。

钟 表

难以忍受带秒针的钟表和一秒一闪的电子表，看时间一秒一秒过去，一刻不停，有一种既抽象又具体的丧失感。

飘 落

人的生命脆弱、可怜，就像一片树叶，轻轻一碰就会飘落。人的一生也是如此，短短几十年的时间，稍纵即逝。

一 生

人的一生很快就会过去，一切都会烟消云散，什么也不会留下。所以，顺其自然。

念

在静夜无眠之际，自己的生命即将灰飞烟灭的念头一闪而过，无数星体漫无目的的存在图景一闪而过。这一切显得多么空无，多么无意义啊。

旅 行

旅行能给人带来的快乐感觉与日俱减，就像生命给人带来的新奇感和快乐与日俱减一样。

一切

一切均无意义，一切均会消失，即使是最美好的，最可爱的，最不忍放弃的。

耿耿于怀

世上本无事，庸人自扰之。只要用宏观视角一看，世间一切都不足忧，不足虑，不足耿耿于怀。可以用欢乐的态度看待人生。

抛

人被抛到这个世界上，一切均属偶然：被抛到哪个地方；被抛到哪个家庭；是男是女；美丑妍媸。所以"抛"这个词用在人的命运上是非常贴切的。

观宇宙

只有遥想宇宙，才能摆脱一切眼前的痛楚（必要条件）；只要遥想宇宙，就能摆脱一切眼前的痛楚（充分条件）。

空虚

尽管生活如火如荼，各种事和人纷至沓来，人还是会感觉到空虚，就是万事皆空的那种感觉。

苍 茫

放眼尘世汹汹，只觉一片苍茫。自我像一粒小小尘埃，无知无识，无臭无味。生命稍纵即逝，如白驹过隙。

无足轻重

与空间的广袤和时间的深长相比，一个人的所有喜怒哀乐悲欢离合都是无足轻重的。想到此，一切的烦恼不快都可以摆脱。

重 复

生活就是一日复一日的重复，一切都曾经有过，一切都还将继续，直到生命的尽头。

度 过

日子在一天天度过，生命在一天天减少。每念及此，心中一片悲凉，唯留空无之感，刻骨铭心。

灵 魂

我对人死后有无灵魂的事情不大关心，那是一个科学研究的课题。我更关心现世的灵魂，因为即使死后有灵魂，那个灵魂也不一定是我了。

意义

明知人生没有意义，可又不甘心过毫无意义的生活，那就将美与爱注入自己的生命，让它对自己是有意义的。

时光之梭

到了六月下旬，半年的时光瞬间逝去，深感时光之梭简直就像光速，飞逝而去，完全不留痕迹，速度之快令人胆寒。

逝去

每每想到终将逝去的生命，心中就一阵悲凉。一切的一切最终还是没有意义的呀，最终还是会烟消云散的呀。

岁月

天下最无情的就是岁月，只觉得脚步声声，一刻不停，回首时已是苍茫一片，灰飞烟灭。

指缝

能真切地感觉到，时间像细沙一样从指缝中悄然流去，眼见幸福的时光所剩无多，心中一片萧疏凄凉。

如果

如果还有几十年时间……如果还有十几年时间……如果还有几年时间……如果还有一年时间……如果还有几天时间……我该如何度过呢？

重量

一旦从宏观视角看世界、看生命，生命的重量立即减轻，变得无足轻重。只要承认生命是宇宙微尘的事实，一切都变得无足轻重。

抽象能力

抽象能力是人的心理能力中最厉害最有力量的，无论遇到多大的艰难险阻，只要还能保持俯瞰生命的抽象能力，就能够破解所有的障碍，无往而不胜。

衰弱

人的一生就是从强壮渐渐走向衰弱的过程，做事的动力衰落，生命的冲动衰减，最终归于寂静。

心情

愿意就这样生活下去，不想改变。除了惰性之外，应当是生命已经接近理想状态的表征。

超越

要想超越世俗的一切，就要有抽象的能力，抽象地看人生，抽象地看世界，抽象地看时间，抽象地看空间。具象就无法超越，超越必须抽象。

超凡

人如果不能有超凡的能力，则终身痛苦。生老病死之苦与生俱来，如果不能在瞬间超脱，则没有快乐可言。

审视

应当常常审视存在。如果做不到这一点，生命会在无形中虚度。

记忆

逝去的生命给人留下浅浅的记忆。一个人越是卓越，他给人留下的记忆越深刻，越长久。

想象

闭眼想象这个世界，几十亿人在地球表面熙熙攘攘，忙忙碌碌，哭哭闹闹，生生死死。几十年的时间，转瞬即逝，显得毫无意义。

余生

余生只留快乐这一价值在生命中，其他全部看淡。说到底，这是最符合生命的本质以及它的短暂和无意义的。

诗意

在人生短暂这一残酷事实面前，只有诗意的存在才是唯一的解决方案。

欢乐

常常觉得，欢乐是生命的本质，是生命的最佳存在方式，是生活中最值得追求的价值。

即使

即使还有很短的一段时间——几年，几十年——也要兴致勃勃地生活，否则难道要一个闷闷不乐的人生吗？

生机盎然

观察盆栽植物一天一个样地生长，令人感慨生命的无休无止的动力。那青翠，那舒展，令人欣喜莫名。愿自己的生命也像它们那样无忧无虑，野蛮生长。

痕迹

一切世间之事都是过眼云烟，不会在人生中留下什么印记，更不会在世界上留下痕迹。唯有每日的痛苦和快乐感受，可以在自己的心中留下一些记忆，而最终也会灰飞烟灭。

偶然

只要想到存在的一切都是偶然的，就可以超脱。人出生在哪里是偶然的，生在什么样的家庭是偶然的，人的自我是偶然的，命运也是偶然的。想通了这一点，就没有什么是不可承受的。

热辣辣

走向高龄，内心归于寂静。在身心依然健康的时候，灵魂依然是活泼泼的，热辣辣的；在死亡来临的时候，灵魂转向彻底的寂静以适应死的状态。

遗忘

有时，忽然希望所有人都把我遗忘，好回到生命的本真状态。所有的联结都是额外的，都是对生命的打扰。人在本质上是孤独的。希望世人忘却我，我也忘却世人，相互忘却，轻松解脱。我想，人死后一定就是这样。

无感

当人对美丽的晨曦无感时，当人对浪漫的爱情无感时，当人对世间万物无感时，他就接近了死亡。

寂寞

人寂寞地来到人世，寂寞地度过一生，寂寞地离开人世。这是所有的灵魂的基调。凡是热热闹闹的，不一定有灵魂。

迟早的事

希望世人将我遗忘，因为这原本就是迟早的事。早个几百年与晚个几百年对宇宙和世界来说有何区别？

平视与俯瞰

生命不只需要平视，而且需要俯视。平视是物质，俯视是精神；平视是现实，俯视是理想；平视是具体，俯视是抽象。

情绪

无论兴奋还是消沉，生命总是无情流逝。所以宁愿选择兴奋，兴致勃勃，生趣盎然，不为别的，只是为了区别于死而已。

有限

将有限的生命投入到对快乐的无限追求中去。说到底，快乐是人生唯一值得追求的价值。

拉长

人生实际上就是一个蜉蝣的朝生暮死，就是草木的一岁枯荣，时间稍微拉长了一点点而已。

简单

人活得时间长了就会发现，人生哲理就那么一点点，简单得很，通俗得很，明白得很。所有把它弄复杂的做法都是故弄玄虚。纳闷那些灵修导师有什么可说的。由此观之，修禅的静默和面壁颇有道理。

行尸走肉

一时没有意识到自己的存在，就是一时的行尸走肉；一生没有意识到自己的存在，就是一生的行尸走肉。

行走

人在世间行走，形只影单，孤独寂寞，独自出现，独自消失。

焦 虑

所有的焦虑都来自微观视角。因此只要使用宏观视角，就可以平复一切焦虑。宏观视角包含时间和空间这两项内容。

可 怜

众生皆可怜——生命短暂，稍纵即逝，生老病死，悲欢离合。凡活着的人，没有一个人不可怜，没有一个人可以脱离苦海。

气 候

气候的变化令人不由自主感到时间的流逝，从冷到热，从热到冷，人从自己的身体感受到时间的流逝，也就是生命的流逝。

汹 汹

常常感觉人就像惊涛骇浪中的一叶孤舟，这惊涛骇浪既有汹汹人事，又有汹汹社会，更有汹汹宇宙。

两种人

常常能够感到人生无意义的人是清醒的人；能够为人生自赋意义的人是幸福的人。

出世

出世是为离世所做的精神准备，是未雨绸缪之举。

夜深人静

在夜深人静之时，人回归自我，审视自己的存在状况，内心无比清醒冷静，无数遍地将一生从头看到尾，细细体验存在的平静与愉悦。

小舟

世界就像一片汪洋，生命就像汪洋上的一叶小舟，它只能在惊涛骇浪时挣扎存活，在风平浪静时苟且偷生。它只是盲目地在海上航行，并没有目的地。

注解

还记得世贸大厦的倒塌，记得从高处坠落的人。这一惨烈的事件既是文明冲突的形象化，又是生命偶然的注解。

遭遇

在生命的交叉线上，遭遇了病痛和苦难，又无法摆脱，就像坠入陷阱，只能哀叹世界的荒谬。

人生

人生就是从无到有，然后从有到无；由俭入奢，然后由奢入俭；由静到动，然后由动到静。

无奈

人生在多数时间是无奈的，只能随波逐流，只有少数时间感觉到意气风发，精神抖擞。因为人生只不过是大海上的一叶孤舟，基本无法按自身的意志来掌控。

生活

在生活的洪流中，我的生命只是岸边一处静静的水面，它不被潮流所裹挟，略带惊讶地观察着浑浊的水流盲目地奔腾向前。

探索

对人生永远保持探索、试验的态度，因为过去的都是历史，前面的都是未知。

时光

时光就像流水般逝去，没有停顿。快乐也是这样。我想要新的快乐源源不绝，这要靠自己来创造。

匆匆

生命匆匆，就像一个匆匆行路之人，各种蹉跎，转眼就是百年。

禅修

我对生活的想法与禅修接近，是一种世俗的禅修。感觉禅的核心道理是对的，是真理。

使用

应当如何使用自己的生命，如何使用自己的时间，这是一个根本的问题，是每一个人终生面临的大问题。

逝去

人只能无奈地看着生命一天一天地逝去，毫无逆转的可能。据说三十年后，人类将获得永生的技术，能够赶上吗？

稍纵即逝

生命仅仅是一个稍纵即逝的现象，虽然几十年的时间感觉挺长，其实在上帝之眼中，是名副其实的稍纵即逝。

不 死

人体细胞在年老时将停止分裂，届时死亡到来。这个进程没有外力可以阻止，因此直到今天，死亡仍是不可避免的事情。据说，几十年后人类可以实现永生。其实，如果一直不死，也会变得无趣，无聊。我想到那个时候，有不少人会厌倦生命，选择去死。因为一切只是简单的重复，没有新意，不值得眷恋。

人 类

人在这个布满无机物和动植物的世界上，制造一些物品，制造一些声音，制造一些热闹，然后就归于寂静。这就是全体人类和每个个体的全部活动及其意义。

意 义

空无是绝对真理。意义只是某个自我在空无这片无色之水中滴入的一点点奇异的个人色彩而已。

减 法

人活得年头越长，阅历越多，心中的念头就越少，人生的感悟绝对是一个做减法的过程。二十岁时想写一本书的内容，到四十岁只想写一篇文章，到六十岁就只能写一句话了。

盲 目

大多数人的生命都是盲目的，只是对生存环境的直接反应，只有少数人能够按照自己的意志存在。大多数人既无按照自己意志存在的愿望，也无按照自己意志存在的能力。

圆 满

人生到达圆满境界之后，心绪就平静下来，不想再做任何改变。如此可以充分享用剩下的所有时间。

放 空

时不时让大脑处于放空状态倒也不失为一个修行的手段，它最接近冥想和入静状态，虽然表面上看是矛盾的。

岁 月

岁月不留痕迹地过去，心中一片惆怅。

简 单

真相是简单的；真理是简单的。世界上的一切在我眼中都是简单明了的。这是一种天赋还是世界原本就如此简单？

抽象

在日常的具体生活之外，人一定要时常抽象地思索人生。古哲人云：不经思考的人生不值得一过，指的就是这个。

色彩

愿在生命中选择绿色，宁静舒缓清淡而又赏心悦目的颜色。

愿望

只想在世上快乐地生活几十年，然后离开。不多想什么，不多做什么，不奢侈，也不焦虑。

人生

人生就是一个奋斗过后、热闹过后、激烈过后最终归于沉寂的过程。心情渐渐反向趋于平和、清淡，百毒不侵，百魅不惑，一生死，泯界限，最终归于熵增的一片混沌。

通透

做一个通透之人，将所有事参透。所谓参透就是对微观事物的宏观观察。

注视

愿生命在注视中流逝，不愿它在忽视中耗尽。

何谓人生

所谓人生不过是在世界上走一走，看一看，认识几个人，做几件自己喜欢的事情而已。

撤火

一个参透之人必定是撤火之人，而不是拱火之人。既然对世界、对人生都有了透彻的看法，生活的态度必定是做减法，而不是做加法。

自相矛盾

每每想到人生的短暂，稍纵即逝，就有创作的紧迫感，但是与此同时，也有强烈的空无感。两种感觉自相矛盾，难以相安无事。所以人生就是在紧迫感和空无感的交替中踟蹰前行。

成瘾

修行已经成瘾，如果一日不修行，不抽象地想想人生，就不过瘾，就有失落的感觉。就像养成散步的习惯后，一日不散步就若有所失。

结　局

对世间的一切都不必过于执着，只是随遇而安顺其自然地在大地上行走。在路上，遇上一些人，一些事，一些景物。静静地观察，静静地享用。最终这一切连同自己珍爱无比的生命都将失去，这就是结局。

残　酷

深知无论生命是多么精彩，多么快乐，或者多么无趣，多么痛苦，全都会很快结束。既公平，又残酷。

蜿　蜒

生命像一条蜿蜒的小路，曲折地通向快乐之地。其中有几个地方令人流连忘返，缠绵悱恻。

归　巢

每当从外归巢，都有一种解脱的感觉，有种从入世到出世的抽象感觉：我终于又回到了自己的存在本身。

生命的欢欣

在每日清晨，坐在电脑前，怀着生命的欢欣，开启充实快乐的一天。生命就是由这样的日子构成，不可忽视每一天。

无足轻重

从宏观视角来看，生命是无足轻重的，世间的一切也是无足轻重的。想透了这一点，一切与存在有关的难题都会迎刃而解。只要有了宏观视角，一切微观的烦恼都失去了重量。

漂浮

佛教经典不必多读，一旦参透，知道所有的论述都只是在用不同的话阐释同一个道理。参透就像学会了游泳，只要去享受水中的漂浮就好了，没什么可学的了。

渐悟

所谓修行就是一个渐渐参透的过程。虽然参透大多是顿悟，但是在活着的每日实践中，它又是一个渐悟的过程，即每天的修行。每天都把一生从头到尾想一遍，这就是我的修行。

赋闲

在真正赋闲之后，才会不时想想存在。不幸的是，只要细思，就一定会陷入恐慌之中，意识到生命之偶然，短暂，无意义。一切视若珍宝的最终都会丧失尽净。

出世

出世的思维是每日必做的功课，一日不出世，一日不圆满。

归心似箭

每当在外面时间一长，立即归心似箭。我的心已经安于世外桃源式的生活，只为外界留了一个小小的口子，供信息进来，供窥视之用，多数时间只是俯瞰。

安静

在躁动的时代里，在躁动的环境中，我始终有安静的力量，这就是对人生和世界的俯瞰视角为我带来的永恒的宁静，永恒的超脱。

愿意

愿意与二三密友终日欢愉，度过短暂一生。心境澄明，轻松平静。对世事和人生洞若观火，只是旁观，并不深陷。

深知

深知在世间所做的一切都是徒劳，但还是不得不去做点什么，否则如何度过这漫长而又短暂的一生？

动物

时常感到，人就像小动物一样，懵懵懂懂地在世上奔走，折腾，忙乱，盲目地走过一生，然后就消失得无影无踪。有区别，但是区别不大。

失落

作为生命，无论多么豁达，在谢世时都会恋恋不舍，因为此后它将不复存在，或许转变为另一种形式的存在，而它已不再是它。

可怜

每一个生命都是可怜的，孤零零来到世间，短暂地停留一段，然后就烟消云散，杳无痕迹。有谁能是不可怜的呢？

飞翔

虽然没有翅膀，心中常想飞翔。人在现实世界不可以飞翔，在幻想的世界却可以飞翔。

干净

要想心里干净、安静，就只是仰望星空和俯瞰自我，对于二者之间的事物基本忽略。

愿望

常有趋向于安静的愿望，一个是物质环境的安静，一个是精神状态的安静。这个愿望是人从生向死的愿望，是生对死的妥协。

神仙

参透之后的人生应当是头脑清明，目光清澈，心无杂念，万事皆空的。可以放下一切，可以进入既无物质烦恼也无精神烦恼的境界。这就是神仙的境界了。

苦中作乐

如佛教所言，众生皆苦，生老病死是人生主要内容。所谓人生，就是苦中作乐而已。

心如死灰

每每想到自己可能进入心如死灰的状态，感到惊恐。当真的接近这种状态时，却感觉到解脱，觉得也没有什么不能忍受的。

欢度

希望世俗的事情不要来打扰我，让我在自己安静的角落自由自在地欢度生命，自生自灭。

行走

人生应当是一个欢欣鼓舞的行走，在路上优哉游哉地走着，东张西望，偶尔驻足看看周边的风景，聆听鸟儿的歌唱，不知不觉而又清醒无比地走到生命的尽头。

久

人在世间生活得越久，对于万事万物就越能够抽象地看，能够从具象中超脱出来。

具体与抽象

只要看着具体的事物，就心浮气躁；只有想着抽象的事物，心中才能恬静愉悦。少看具体，多想抽象。

悲凉

无论何时，无论多么快乐幸福，只要一想无垠的宇宙，就能感觉到悲凉和绝望。

存在

周围的存在对自我来说完全可以做到不存在。真正的存在其实只在自我之中：自我的感观，自我的意志，自我的情绪，自我的实现。

生命

生命如此脆弱，完全有可能在瞬间逝去。小波就是一个例子。身体的不适是信号。因此，应当在精神上时刻和永远做好死的准备。从宏观看，生命逝去是再自然不过的事情，不应当惊慌失措，也不应当恐惧，应当泰然接纳。

打磨

频繁地想宇宙和生命这类问题，就像在打磨灵魂，让它在面对生命的渺小、脆弱、短暂和无意义这些刺激时，变得不那么敏感，令灵魂的痛苦不那么尖锐。

过眼云烟

年岁越大，阅历越多，就越会看清世事，就越能真正感觉到：一切都是过眼云烟。无论是身体、灵魂还是亲密关系。在世间的任何烦恼面前，只要切实相信一切都是过眼云烟，烦恼就会烟消云散。

自由奔放

即使在现实中无法自由奔放，在虚拟的世界却可以；即使在肉体上无法自由奔放，在精神上却可以；即使在具体的现实中无法自由奔放，在抽象的想象中却可以。

飞升

如果灵魂从未飞升，只是沉溺在俗世之中，则无缘享受真正的快乐。

坐禅

把自己的工作室变成坐禅的地方，按照禅的观念，以禅的态度观察世界，以禅的态度生存，得到禅的境界，禅的情绪，禅的心情。

阅历

人的阅历最大的益处是使人知道：一切都会过去，时间将治愈一切创伤。

化解

对事物的宏观视角就是生活中无往而不胜的法宝：任何人间的烦恼、麻烦、痛苦和危机，只要能够俯瞰，就都能化解。

存在感

所谓存在感就是时时体会自身的存在，自身在宇宙的空间和时间中的漫游。

静寂

最惬意最舒适的生存环境还是独处的环境。没有人与事的干扰，也就没有了烦恼，一切归于静寂，酷似死的静寂。

火热与冰凉

人心是火热的，世界是冰凉的；存在是火热的，宇宙是冰凉的；活着是火热的，时间是冰凉的。

生活

所谓生活就是一日又一日的重复，一年又一年的重复，很少变化，很少惊喜。

原点

人从出生到长成，出门在世界上游荡，做事，恋爱，最终回到自己的巢穴，静静地等待离世。这就是一个生命的全过程，一个圆，回到原点。

偶然

牢记生命偶然，生老病死完全不在人的掌控之中。要做好充分的精神准备，面临各种突发灾难。

封 闭

感觉生命的圆正在走向封闭。封闭即圆满。不再有新的欲望出现，也不再有新的人进来。修炼结束，终成正果。

虚 度

只要生命还有冲动，就不要虚度。万一丧失了生命的冲动，那就只好虚度。其实，虚度与不虚度最终的结局差不多。

平 静

近来心情无比平静，越来越平静。这才是回归了真我，回归了生命的本真状态。生命的圆满境界应当是全无烦恼的。

寂 静

世界表面喧闹，实则寂静；人生表面波涛起伏，实则寂静。所有的喧嚣最终归于寂静。

纷 乱

在纷至沓来的琐事之中，生命之河无情流逝。重要的是有内心的定力，沉静地度过时间，感受存在。

时 光

当时光流逝，当日历变薄，心头掠过淡淡的忧伤。过去的时光永远地逝去，未来的时光也将逝去，一切都无可挽回。

惊 恐

总是惊恐于时间的流逝，在不知不觉之间，时间已经像指间之沙般悄然流逝了。

乌 龟

目前的生活状况最像乌龟，在水边一动不动，晒着太阳，默默不语。身心舒适，世事洞明。

歌 哭

人时而欢歌，时而痛哭，几十年时间匆匆过去。人人以为雁过留声，人过留名，实则雁过无声，人过无名。

泡 沫

生活在我心中是一条翻着泡沫向前奔腾的河流，而我就是那河流上漂流的一叶小舟。我不在意那些泡沫，更在意自己的心情。

同 龄

一位同龄人因癌离世了。当周边的熟人开始谢世之时，人心潮起伏，很难回避同病相怜之感。他曾经的喜怒哀乐悲欢离合全都戛然而止，生命就此烟消云散。可以是我。

自 由 人

当人看透一切之后，就再无什么可以对他产生诱惑力。于是，他就成了一个自由人，可以完全随心所欲，自由地存在于天地之间。

肃 穆

对生命应持肃穆的态度。生命的出生是宇宙中的一个奇迹，它的发育成长也是世界上最有趣的现象之一，而它的死亡更是一个无法挽回的损失，所以应当对它持严肃敬畏的态度。

洞 明

洞明世事的后果就是什么也不做，什么也不想做，因为深知做了无用，什么也改变不了。值得一做的事情只剩下自己喜欢去做的事，自己能享受做事过程的事。

浮士德

人在世间生活，最鲜明的感觉是时间的流逝。逝者如斯，不舍昼夜。时间最是无情，不会因为浮士德的"你是多么美好请停一停"的呼唤而动心。

风头

想出风头是很幼稚的想法，一看就没有经过时间的历练。世事洞明之后就会从心底真正认同一切虚名浮利都是过眼云烟的说法。

知足

人的愿望其实非常简单，容易满足。夏天清晨打开窗户，一阵带着丝丝凉意的微风，就能令人心旷神怡，通体舒适。不觉得还有什么是值得追求的。

幸存者

在这个疯狂的世界，我们都是幸存者。好好享用自己的人生。

兴高采烈

应当兴高采烈地生活：生命是如此短暂，稍纵即逝。如果没有好好享受生命的感觉，死时会后悔莫及。

诗意栖居

除了诗意栖居这一种方式，人哪里有其他的生活方式？只有诗意栖居才是真实的存在，其他方式都像没有存在过一样。

向死而生

要在心中常常想到死，做好充分的精神准备。这不仅是具体的生活的必需（在死亡来临时不会惊慌失措），而且是对生命做抽象的哲学思考的必需。

不变

只觉人与事在眼前像走马灯一样快速掠过，而我只是静静地观看，俯视。

永远

在心满意足的时候会想：这样的日子还有多久呢？希望能持续到永远，不要断绝，不要改变。虽然明知那个终点就在那里。

消磨

人作为一个有意识的动物，该如何消磨自己在世的时光？这是每个人在一生中都要不断思考的首要问题。

一动不动

终于到了对身在何处丝毫不在意的境界。人来到人世，生命原本是微不足道的，只在这个世界上占据一个小小的角落。这个角落究竟在哪里有什么重要呢？

宏观与微观

源自宏观视角的痛苦与快乐是淡淡的，舒缓的；源自微观视角的痛苦与快乐是浓浓的，强烈的。

有限

岁数越大，经历越多，就越能看到个人力量的有限。一个人是渺小的，什么也改变不了，只是沧海一粟而已。

冥想

据说冥想可以影响人的生理状态，这真是十分奇妙。在生物学的粗浅阶段，人们觉得太过匪夷所思，在科学研究深入之后，或许会成为常识。

位置

只有摆正生命在宇宙中的位置，才能参透人生道理，才能理顺人生道路，才能得到真正的解脱。

一目了然

人之参透是好事也是坏事。好事是能够超凡脱俗，优哉游哉；坏事是对一生一目了然，一眼就看到了尽头。

旅程

人生就像一个旅程，从生到死就是一次徒劳的行走。没有明确的方向，没有明确的目的，也无甚意义。路上的悲喜就是全部内容。

悲哀

常常想，珍视的一切最终还是会灰飞烟灭不留痕迹，不禁悲从中来，不可断绝。

通透

活得通透是最重要的。所谓通透一是宏观，一是微观。宏观是宇宙观；微观是人生观。前者的重点在空无；后者的重点在快乐。

武器

调整心情的无往不利的武器就是想想人在宇宙中的位置，只要稍微想想人的渺小，心情就可以平静下来。

回归

参透之人必定会选择独处，因为独处可以使他完全彻底地回归自身，得到灵魂的圆满。

沧桑感

在人生的某个时刻，沧桑感突如其来，看大地一片苍茫，看人生一片苍茫，看宇宙一片苍茫，万物皆空，只想就此离去，没有恋栈。

空白

当头脑中一片空白的时候，也许是最好的时候，至少人在这个时候没有焦虑，没有不平，没有痛苦。总觉得许多宗教的修行要修到的境界不过如此。

看破

常常感到所谓看破红尘一点也不难，只要想想时间和空间，要想不看破也难。

努力

人在宇宙当中十分可怜，只是在无限空间和无限时间中短暂逗留的一个小小生物而已。每当想到这一点，要想不万念俱灰，需要做艰巨的努力。

意 义

人生无意义是一个残酷的论断，就像说：每一个人都是虫子，每一个人都是行尸走肉。能让人顽强活下去的唯一乐趣在于：为自己的生命自赋意义，享受各种感官（眼耳鼻舌身意）的快乐。

时 间

每当一天过去，每当一周过去，每当一月过去，每当一年过去，心中怅然若失，绝望的情绪油然而生，因为过去的时光不会再来。幸亏还有些微愉悦的感觉，还有些微美好的记忆。

奢 望

只想在一个绝对寂静的地方度过一个绝对寂静的人生。这是心中永远的奢望。

奇 迹

在一个适合的环境和温度中生长出来的人类是奇迹，是侥幸。再热一点或再冷一点，人类就不会出现，像其他无数空无一人的星体那样。所以，存在主义说生命偶然绝对没错，接下来的一句"生命无意义"就太残酷了，可也没有错。

玩 笑

生命就是一个玩笑而已。这就是我不能容忍各种各样的仪式的原因——那种郑重其事的样子是多么滑稽，又是多么明显的一个讽刺呵。

无声无息

日子无声无息地流走，就像小溪默默地流淌。心中的歌渐渐从欢快变得郁闷，最终彻底消沉。

道

所谓道，不过是关于宇宙、世界、人生的几个大道理。明白了，参透了，就可以从容度过一生。

太 阳

无论人世间发生了什么，太阳照常升起。想到这一点，的确令人心安。人事无论多么惊心动魄，也不会改变宇宙的运行规律。

前 路

前路一片郁郁葱葱，鸟语花香，心情像在林间徜徉的小鹿。

道理

人生的大道理非常简单：人生只是一次漫无目的随心所欲的徜徉而已，最重要的是享受行走中的感觉。能兴致勃勃最好，不能做到至少也要平静愉悦。

短暂

常常能够感觉到生命之短暂，稍纵即逝，所以要时时抓紧它，尽情尽兴地享用它。

禅

禅的魅力在于它的质朴、简洁，直截了当。它从不故作高深，故弄玄虚，而是直指事物的本真状态。

智慧

智慧的生活态度就是快乐从容地行走在大地上，因为愁苦焦虑地活着，也会在几乎同样的时间走到同一个终点。

沉寂

真实的生命是沉寂的，无论是身体还是心灵。虽然人可以在世界上行走，去各种各样的地方，但心灵永远是沉寂的。

问 题

常常来到心头的一个问题是：用我的生命做点什么？如果能够想出来，就去做；如果想不出来，只好什么也不做。

绝 对

人生在世，孤独是绝对的，不孤独是相对的；孤独是永恒的，不孤独是一时的；孤独是真实的，不孤独是虚幻的。

静 悄 悄

只想过一个静悄悄的人生，我静悄悄地来，静悄悄地走，什么也不留下，什么也不带走。

法 宝

万事皆空的道理一旦参透，就获得了无往而不胜的法宝，所有的艰难险阻都不在话下，可以淡然处之，而且可以无坚不摧。

一 生

用一生来参透，来修行。参透万事皆空的道理，用于每一天对生活内容的选择。

回 顾

回顾一生，喜怒哀乐，悲欢离合，转眼成空。

生 活

生活就像小溪流水潺潺，时间静静地流逝，溪水清澈见底。美好的人生没有杂质，没有泥沙，没有秽物，只是清澈地欢快地流淌过去。

隔 绝

人与外部世界的隔绝和完全回到自身可以是一种最佳的生活方式，堪比得道高僧，闭关修行者，沉浸在精神世界中的哲人。

亿 万

在亿万星球中，我所在的星球只是其中之一个；在亿万人类中，我只是其中之一人。每念及此就觉得一切都不值得焦虑，可以过自得其乐的生活。

存 在

世界上每天有无数人出生，无数人死去，他们与我的存在完全无关。我的存在只对周边两位数的人有意义，对其他人类无意义，对抽象的人类更无意义。

To be continued

延续
共生

未完
待续……

A
Collection
Of
Quotations

14_

34_

To be continued

A
Collection
Of
Quotations

《醒来集》（李银河©著）之《未完待续·本》随书附赠
DESIGN BY YOSHIOKA YUUTAROU